# 마음의 모양

초판 1쇄 인쇄    2016년 6월 15일
초판 1쇄 발행    2016년 6월 20일

지은이    초선영

펴낸이    유재건
펴낸곳    엑스플렉스(X-PLEX)
등록번호    105-91-96264호
주소    서울시 마포구 와우산로 180 4층 402호
대표전화    02-334-1412
팩스    02-334-1413

ISBN  979-11-86846-04-9   03800

이 도서의 국립중앙도서관 출판예정도서목록(CIP)은 서지정보유통지원시스템 홈페이지
(http://seoji.nl.go.kr)와 국가자료공동목록시스템(http://www.nl.go.kr/kolisnet)에서 이
용하실 수 있습니다. (CIP제어번호: CIP 2016013675)

생각보다 글쓰기는 우리와 가깝습니다. 잘 쓰는 것도 좋지만, 쓰고 싶은 마음이 더 좋습니다.
엑스플렉스는 글로 소통하고 싶은 사람들을 위한 강의를 기획하고 책을 출판합니다.
언어의 세계는 무한하다는 믿음으로 미지수 엑스(x)의 활동을 꾸려나가는,
이곳은 '출판문화공간 엑스플렉스'입니다.

마음을 그려드립니다
2768명의 사람들의

마음의 모양

- - - - 빈칸에 마음을 나누고 싶은 사람의
이름을 적어 보세요

———————— 사랑하면

————————마음이 보여요

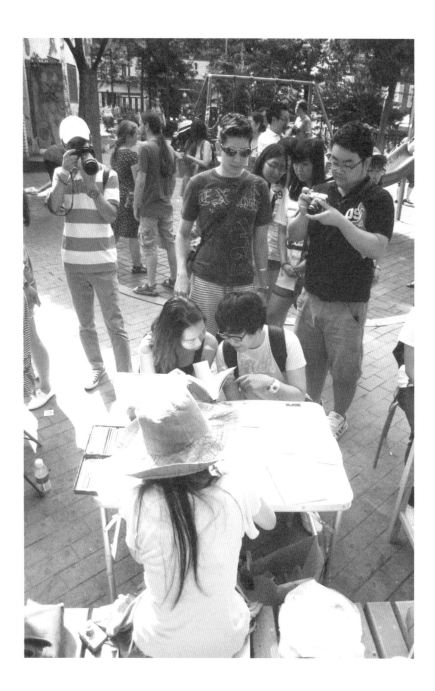

# 목차

# 2부

프롤로그

------

괴로움

2010년의 가을날이었다. 나는 경기도 가평에서 열리는 자라섬 국제 재즈 페스티벌에 '내면초상화 작가'로 참가하고 있었다. 산들산들 불어오는 바람 사이로 나의 내면초상화 테이블이 있었다. 그 위로 그림 재료들을 늘어놓고 색연필을 하나씩 손수건으로 정갈히 닦고. 숨을 잠시 고르고 있는 사이, 열일곱 살쯤으로 보이는 한 소년이 내 앞으로 걸어와 냉큼 앉았다.

"내면초상화, 지금 그릴 수 있나요?"
벅찬 목소리로 그가 물었다.
"잠시만요, 조금만 정돈하고요."
나는 환히 웃으며 대답하였다. 지금처럼 테이블이 정리되지 않은 상태에서 손님이 왔다고 작업을 시작해 버리면, 중간에 짬이 나지 않아 하루 종일 그 상태로 작업을 하게 되는 수가 있다. '잠시만 기다려 주세요', 양해를 구하고 바삐 손을 움직여 테이블 위 물건들을 세팅하며 다시 말을 건넸다.

"여기에 자신을 제일 잘 표현하는 단어 하나를 적어 주시겠어요?"

말과 동시에 내가 내민 것은 사람들의 '자신을 표현하는 한 단어'를 모아 두는 수첩이었다. 단어들이 빼곡히 담겨 있는 수첩을 건네면서 나는 비로소 소년의 얼굴을 자세히 보았다. 갈색으로 염색한 머리, 검은 뿔테 안경, 앳된 얼굴에 장난기가 어려 있었다. 소년은 눈이 마주치자 생긋 웃으며 나를 쳐다보았다. 마치 선생님을 바라보는 장난꾸러기 학생 같은 표정이었다.

그 표정을 보며 나는 이 친구, 내면초상화가 뭔지 궁금해서 재미로 왔구나 생각하고 있었다. 내면초상화를 그리러 오는 사람들은 다양하기 때문에 찾아오는 이유도 저마다 다르다. 고민을 가지고 내면초상화만을 그리러 멀리서 찾아오는 사람들도 있지만, 지나가다 그저 내면초상화라는 단어가 재미있어 보여서 오는 사람들도 많다. 이 친구의 표정을 보건대 후자에 속할 것이라고 지레짐작했던 것이다.

"다 적었어요."

이윽고 소년이 수첩을 건넸고, 수첩에 적힌 단어를 보고 나는 돌연 진지해지지 않을 수 없었다.

그가 자신을 표현하는 단어로 수첩에 적은 것은 '괴로움'이었다. 하고많은 단어들 중에 소년은 왜 이 단어를 선택했을까, 순간 나의 가슴이 갑갑해져 오기 시작했다.

"왜 '괴로움'이 자신을 가장 잘 표현하는 단어인지 여쭤봐도 될까요?"

조심스레 말을 꺼냈다.

"아침에 일어나면 가슴이 답답해요. 살아가야 할 이유를 잘 모르겠어요."

소년이 답했다.

"이곳은 재즈 축제가 열리는 곳이잖아요. 여기까지 멀리서 일부러 오셨을 텐데, 지금은 즐겁지 않으신가요?"

"네, 별로…. 사실 이곳에 왜 왔는지도 잘 모르겠어요."

고개를 숙이고 눈길을 돌리며 소년이 말했다.

소년은 하루하루 살아가기가 괴롭다고 했다. 그 '괴로움' 때문에 그는 2년째 잠을 이루는 데 어려움을 겪고 있었다. 말똥말똥 눈을 뜬 채 새벽녘이 되어서야 겨우 잠들곤 하는 불면증이었다. 그의 말 한 마디 한 마디에서 묵직한 아픔이 느껴졌다. 동시에, 소년의 일이 남의 일로만 느껴지지 않았다.

사람들 앞에서는 밝아 보이는 나이지만, '행복하다'라는 느낌을 갖고 산 지는 정작 얼마 되지 않는다. 나는 사람들의 반응에 예민한 사람이었다. 주변의 작은 반응들도 내게는 큰 바윗덩이처럼 다가왔다. 그 탓에 괴로움의 연속인 나날을 보냈었다. 나 역시 소년처럼 아침에 일어나면 가슴이 답답하고 오늘을 어떻게 견뎌내야 할지 막막하기만 했다. 밤에는 이불이 사락 스치기만 해도 온몸이 쓰려 잠을 이룰 수 없었다. 마치 세상이 가시로 된 것처럼 걸을 때에도, 말할 때에도 모든 작은 자극들에 힘들어지곤 했다.

그럴 때의 하루란 살아 있는 시간이 아니다. 자학에 자학을 거듭하며 고통을 견뎌내는 시간에 불과하다. 아침이면 늘 답답하고 살기 괴롭다는 그의 말은 그래서 더 와 닿았고 그래서 더 아팠다.

내가 행복을 느끼게 된 것은 나에게 잘 맞는 환경을 찾게 되면서부터였다. 괴로움을 깊게 느낄 수 있는 사람은 행복도 깊게 느낄 수 있는 사람이다. 감정을 예민하게 느끼는 사람이기 때문이다. 괴로움을 깊게 느끼던 나는 나 자신에게 맞는 환경과 사람들 곁에 놓였을 때 그만큼의 진한 기쁨을 느낄 수 있었다. 그의 예민한 감성 또한 자신이 행복할 수 있는 환경에서 더욱 빛날 것이다.

그러기 위해서는 자신에게 잘 맞는 곳을 찾는 것이 우선일 텐데, 자신에게 꼭 맞는 환경을 처음부터 바로 만나기란 힘든 법이다. 그래서 소년을 포함한 누구나 자신에게 더 맞는 곳을 찾아가는 과정 속에 있다. 그러니까 지금의, 자신과 덜 맞는 환경에서의 힘듦은 어쩌면 사람이라면 모두가 겪는 당연한 과정일 것이다.

소년을 바라보면서 나는 예민한 감성의 촉수가 여러 개 돋아나 있는 사람의 모습을 그렸다. 그리고 그 사람은 그 긴 촉수들 때문에 좁은 통로에 꽉 끼어 있었다.

소년은 그림 속의 사람처럼 자신의 감성의 촉수의 길이에 맞지 않는, 좁은 통로 속에 있어 아픔을 느끼고 있었다. 하지만 지금의 좁은 환경에서 벗어나 자신과 잘 맞는 더 넓고 자유로운 곳을 만난다면 자신의 촉수를 길게 뻗을 수 있을 것이다. 그러면 아프기는커녕 너른 벌판을 가득 채울 만큼 크게 성장할 수 있을 것이다.

그런 생각을 하며 소년의 내면초상화를 완성했다. 동시에 소년의 마음이 편해지기를 진심으로 바랐다.

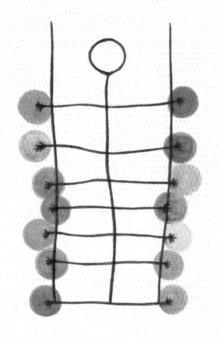

과로움 _____

나는 감성의 촉수가 예민하고, 너리도 많은,
좁은 길을 지날 때마다
나의 촉수들은 아프다고 오도도 아우성을,
이 좁고 남이 만든 통로를 벗어나는 날
나는 자유로이 나의 촉수를 길게 멀리 뻗어 보내리,

내면초상화를 완성하여 건네며 나는 내가 이러한 그림을 그린 까닭을 소년에게 설명해 주었다. 그러자 그는 눈을 반짝이며 빙긋 웃음을 지어 보였다. 그가 돌아가고 며칠 후 나는 메일 한 통을 받아 보았다.

"내면초상화를 방 벽 잘 보이는 곳에 붙여 두고 보고 있어요. 계속 보면서 제 자신에 대해 계속 생각하고 있는데 신기하게도 마음이 편해지고 있어요. 잠도 아주 길게는 아니지만 예전보다 훨씬 쉽게 들어요. 진심으로 감사합니다."

나는 미소를 지었다. 소년은 메일을 통해 자신을 표현하는 단어를 떠올리면서, 내면초상화를 곱씹으면서 자신의 고민의 실체에 대해 보다 잘 알게 되었다고 말했다. 지금도 여전히 괴로운 순간은 많지만 이제는 괴로우면서도 그 원인이 어디에 있는지 스스로 알게 되었기 때문에 무작정 괴롭지만은 않다고 했다. 그렇게 그는 조금씩 나아갈, 그리고 살아갈 방향을 잡아가고 있다고 했다.

그 후 소년은 내가 내면초상화를 자주 그리는 홍대 앞으로 일 년을 더 찾아왔고, 찾아올 때마다 그의 단어는 점점 밝게 바뀌어 가고 있었다. 그는 자신에 대해 고민해 보는 시간을 가졌고, 내면초상화를 통해 그 고민을 눈에 보이는 것으로 만들었고, 고민에 대해 지속적으로 생각했다.

자신을 들여다본다는 것, 자신에 대해 생각한다는 것, 자신에 대해 더 알아가는 것, 그것은 치유 이상의 힘을 지니고 있다.

우리 모두는 자신을 아름답게 가꿔 나갈 힘을 가지고 있다. 지금 주저앉아 있다면, 자신을 일으켜 세울 힘을 가지고 있다.

그 힘은 자신을 들여다보고 자신과 친해지는 것부터 시작된다. 그리고 내면초상화는 사람들이 자신과 마주앉는 과정을 돕고 있었다.

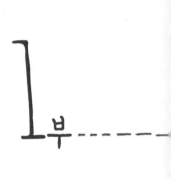

1부

2768명의 마음을
그리다

----------- —— ——

## 자신을 표현하는 한 단어를 주세요

어딘가 그러한 장소가 있으면 좋겠다고 생각했다. 우다다 달려갈 수 있는, '와! 발견했다!' 싶은 나만의 아지트 같은. 행상의 돗자리 위, 설탕 뽑기 아주머니의 천막 안, 학교 앞 문방구처럼 뽀얀색 추억들로 가득한. 동화 속 이야기에서처럼 갑자기 나타나기도 하고 사라지기도 하는.

　7년간 내면초상화 작업을 하며 나는 내 작은 테이블이 그러한 장소가 되기를 소망했다. 그렇게 재미진, 그토록 편안한, 누구나 와서 마음을 털어놓을 수 있는, 마법 같은 일들이 벌어지는.

실제로 그 소망은 소망 이상으로 이루어졌고 나를 매번 놀라게 했다. 이제 이 테이블은 스쳐 지나가던 사람들이 머물러 내려놓은 이야기 수천 장이 차곡차곡 쌓여 가는 공간이다.

모든 마법은 그 작은 테이블에 설명판을 걸어 놓으면서 시작된다.

"안녕하세요, 저는 시를 그리는 사람 초선영입니다. '자신을 표현하는 한 단어'를 주세요. 내면초상화를 그려드리겠습니다."

## 즉석내면초상화

청량한 공기를 들이마시며 색연필 백여 개를 정갈하게 늘어놓고 깎는다. 볼펜이 잘 나오는지 살펴보고, 종이와 봉투를 모서리 맞추어 정돈한다. 펴 놓은 간이 테이블을 한 번 더 닦는데 벌써 저 멀리 오늘의 첫 번째 내면초상화 손님이 다가온다. 어김없이 가슴이 콩닥거린다.

"잘 오셨어요. 여기 앉으세요."
손님이 '자신을 표현하는 한 단어'를 적으면,
"왜 이 단어를 선택하셨는지 여쭤봐도 될까요?"
단어에 대한 이야기를 짧게 나눈 후, 즉석에서 그것을 간결한 그림과 시로 표현한다.
내면초상화는 이렇게 간단한 방식으로 만들어지고, 이 모든 과정에 걸리는 시간은 10분에서 15분 정도다.

흔히들 묻는다.
"내면초상화라니 사람들의 내면을 볼 줄 아시는 건가요?"
아쉽게도 내게 그런 능력은 없다.
사람들이 자신에 대해 표현하면, 그것을 글과 그림이라는 언어로 바꾸는. 내가 하는 일을 나는 '번역'에 가깝다고 생각한다. 그러니까 내면초상화를 통해 내가 다른 이들의 마음을 읽는 것이 아니다. 사람들 스스로가 자신을 표현하고 들여다보도록 나는 그저 돕는 일을 하는 것이다.

사람들은 자신의 내면초상화가 만들어지는 동안 테이블에 비치되어 있는 내면초상화 소개책자를 읽거나, 내가 그림 그리는 것을 물끄러미 바라보곤 한다. 그림이 어느 정도 구상이 된 후에는 잡담을 주고받으며 작업하기도 한다.

완성된 내면초상화의 앞면에는 그림이, 뒷면에는 시가 적힌다. 마지막으로 그림에 대한 설명을 한 후 봉투에 담아 드린다.

"감사합니다."
"덕분에 속이 시원해졌어요!"

내면초상화를 받아든 사람들은 나에게도 힘을 주는 짠한 말들을 남기고 다시 각자의 삶 속으로 돌아간다.

## 7년, 2768명의 마음을 그리다

서울과 뉴욕에서 무작정 사람들과 소통하고 싶어 시작된 내면
초상화 작업은 어느새 7년째 다양한 장소에서 계속되고 있었다.
길거리에서, 예술시장에서, 바에서, 병원에서, 군부대에서, 재즈
음악축제에서, 크리스마스 파티에서, 바다 건너 샌프란시스코,
LA를 거쳐 다시 서울에서.

사람들과 깊은 교감을 하는 내면초상화의 특성상, 작업을 할
때면 나는 그 어느 때보다 멀리 여행하는 기분이 들곤 한다. 테
이블 앞 한 자리에 가만 앉아 있지만 나는 사람들의 가장 깊은
마음속을 여행한다. 그리고 그곳에서 내가 지금껏 본 어느 광경
보다도 가장 아름다운 사람들을 본다. 내가 만난 사람들, 그 기
억이 행여 날아갈세라 서둘러 즉석에서 그림과 글로 옮긴다.

재미있고 신기한 일들이 계속해서 일어났다. 그 중 가장 감
동적이었던 것은 바로 사람들이 내면초상화를 받고 치유받는
느낌이 든다고 말하곤 했던 것이다. 실제로 처음 다가서기 어려
워하던 사람들이 한 번 내면초상화를 그리고 나면 꼭 다시 찾아
왔다. 며칠째 밥을 못 먹다가 내면초상화를 받고 식사를 했다는

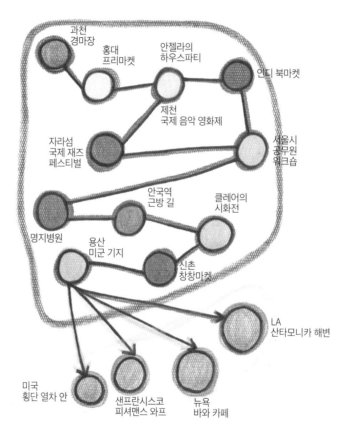

내면 초상화를 그린 곳

청년, 불면증에 시달리다 잠을 이루었다는 소년, 고맙다며 음료수를 건네고 수줍게 도망간 학생, 내면초상화를 받고 눈물을 비추던 외국인 아가씨…. 많게는 하루에 찾아온 사람들의 반수가 한 번 이상 찾아온 단골들이었다.

나는 때때로 어안이 벙벙해지곤 한다. 무엇이 사람들의 마음을 움직이고 눈물 흘리게 하는 것일까? 상담사도, 정신과 의사, 점쟁이도 아닌 나에게 사람들은 왜 치유받는 느낌이 든다고 하는 것일까?

곰곰이 고민해 보았다. 그 치유가 나에게서 온다고 생각하면 그것은 오만한 결론일 것이다. 단골 중 하나인 계석 씨가 했던 말이 떠올랐다.

"처음엔 이게 뭔가 했는데 집에 가서 내면초상화를 보면서 나에 대해 계속 생각하게 되어 좋더라고요."

'자신을 표현하는 단어'를 생각해 보고 그 단어를 통해 자신에 대한 이야기를 하면서 사람들의 얼굴은 밝아져 갔다. 또한 그 이야기가 내면초상화라는 눈에 보이는 형태로 표현되었기에, 사람들은 자기 자신에 대한 기억을 보다 오래 간직할 수 있어 즐거운 듯했다.

결국 사람들에게 위안을 주는 것은 내면초상화의 과정이 자기 자신과의 만남을 이끌기 때문일 것이다. 사람들에게 위안을 주는 것은 다름 아닌 자기 자신과 마주하며 오는 스스로의 깨달음이다.

내면초상화 속에는 사람들이 담겨 있다. 나는 종종 마음이 힘들 때면 나의 상황과 비슷한 단어의 내면초상화를 찾아보며 그 속의 사람들을 만나고 힘을 얻곤 한다. 그래서 내면초상화에 대한 책을 꼭 쓰고 싶었다. 마음의 힘을 얻고 자신과 한 발짝 더 친해지고 싶은 사람들에게 작은 도움이 되었으면 했다.

내면초상화를 주제별로 분류하고 찍어 두었던 내면초상화 사진을 보며 정성스레 한 장 한 장 그림을 다시 그려(원본은 내면초상화의 주인들에게 돌아갔으므로) 책 속에 담았다. 책을 쓰는 내내, 마주했던 많은 사람들을 고스란히 담아내는 일이 내 그릇에 벅차 힘겹기도 했지만 소중한 경험을 더 많은 사람과 함께하고 싶은 마음으로 여기에 왔다.

책에서 소개하는 이야기들은 실화이지만, 개인의 신상이 드러날 수 있는 부분은 사생활 보호를 위해 변경하였다는 것을 미리 밝힌다.

## 나에 대하여

"어떻게 작가가 되셨어요?"

이런 질문을 종종 받는다. 아직 나는 나를 작가라고 칭하는 것이 어색하다. 다만 '작가는 자기 자신을 작가라고 칭하는 순간부터 작가'라고 생각하기에 용기를 내고 있을 따름이다.

돌아보면 평이한 선택을 반복한 인생이었다. 나는 미술이나 문학 관련학과 출신이 아니다. 고등학교 시절엔 대다수가 선택하기에 안전하다고 여겨진 인문계 진학을 택했고 대학 입시 때에는 수능점수에 맞춰

신문방송학과를 선택하고 원서를 냈다. 늘 부모님에게 엇나가지 않는 착한 딸이길 소망할 뿐이었지, 인생을 어찌 살아야 할지에 대한 고민은 그다지 없었다. 그러한 삶에 대한 태도는 대학에 입학하고 나서도 마찬가지였다. 철없게도, 대학만 합격하면 내 본분은 다한 거라 생각하며 그저 친구들과 즐거운 시간을 보내고, 듣고 싶은 수업을 들으며 지냈다.

그렇게 시간이 흘러 대학 3학년 때였다. 문득 주변을 둘러보니 친구들은 영어시험 공부를 하고 자격증을 따며 인생의 다음 단계로 입사준비를 하고 있었다. 나는 돌연 등이 떠밀리는 듯한 위기감을 느꼈다.

'이대로, 다들 가는 대로 따라가면 되는 걸까?'

처음으로 미래에 대해 고민하기 시작했다. 혼란스러웠다. 이대로 그냥 흘러가면 되는 것일까? 입사 지원서를 작성해 보려 했지만, '10년 후 미래의 모습을 써보시오'라는 질문에 10년 후 모 회사에서 일하는 내 모습을 상상할 수 없었다. 한번도 성인이 된 후의 내 모습을 구체적으로 그려 본 일이 없다는 것을 알게 되었다. 그리하여 나는 모든 걸음을 버리고 멈춰 섰다.

나에 대해 생각해 볼 시간이 필요했다. 좋은 친구 의철이 내게 좋아하는 것을 적어 보자고 제안했다. 내가 좋아하는 것을 찾으면 나아갈 방향 또한 보일 거라고, 친구는 말했다.

친구의 권유에 24시간 영업하는 카페에 앉아 좋아하는 것을 주욱 써내려가 보았다. 새빨간 장미꽃, 비를 맞으며 걷기, 낙서하기, 목욕하기…. 내가 좋아하는 것들이 이리 많았다니! 300개를 채우는 데 집중하며 쓰다 보니 마음속 소중히 감춰 두었던 좋아하는 것들이 새록새록 흘러나왔다. 좋아하는 것 300여 개로 종이를 빼곡 채우고 났을 때 친구는 이제 이 단어들을 큰 묶음들로 분류해 보자고 했다. 그러면 내가 어떤 사람인지 알 수 있을 거라 했다.

그렇게 친구와 함께 단어들을 비슷한 것끼리 모으자 분류가 점차 명확해져 갔다. 그때 나는 갑자기 울음을 터뜨렸다. 친구는 당황했다.

분류를 마치고 본 나는, '창작'을 참 좋아하는 사람이었다. 글쓰기, 그림 그리기, 영상 만들기…. 그 단어들을 보고 있자니 돌연 어린 시절의 꿈이 떠올랐다. 장래희망을 쓰라고 하면 꼬마였던 나는 시인이나 소설가 등 창작에 관련된 직업을 적곤 했다.

선생님이 일기를 써오라고 하실 때면 일기 대신 그림과 시로 도배해 일기장을 제출했고, 나의 교과서는 늘 수업 필기 대신 낙서로 가득했다.

헌데 어느 순간부터 내게 창작이란 건 '내가 아닌, 다른 특별한 사람들이 성취해 내는 그 무엇'으로 변해 있었다. 차츰 멀어져 내가 감히 손대서는 안 되는 분야가 되어 있었다. 막상 좋아하는 것들을 적고 분류하고 보니 나는 여전히 창작을 좋아하는 사람이었다. 그동안 못할 거라고, 하지 말라고, 자신에게 이야기해 왔을 뿐이었다. 갑작스레 터져나온 울음은 나 자신에게 미안했기 때문이었다.

작은 깨달음 이후 나는 대학시절 동안 쓰고 그린 낙서들을 모으기 시작했다. 소소한 기록을 모아 집 앞 출력소에서 인쇄를 하고 책의 형태로 가제본했다. 내 낙서를 좋아하는 지인들에게 몇 권 팔고, 학교 선생님들께도 몇 권 드리마고 생각했다. 감사하게도 은사이신 나은진 선생님께서 가제본한 책을 정식 출간해 볼 것을 권유해 주셨다. 추천사도 써주실 수 있다는 말과 함께. 그러고는 내게 '기존 체계에 편입되기보다 어떤 체계를 만들어 갈 사람'이니 계속 창작해 나가라고 용기를 주셨다.

"출간될 때까지 뭐 먹고 살죠?"라는 나의 질문엔 "그때까진 아르바이트를 하면 된다"고 웃으며 말씀하셨다. 책을 쓰고 난 후의 삶도 그리 녹록지 않다는 걸 나중에 알게 되었지만 선생님이 아니었다면 내 삶은 창작의 길과는 한참 멀어졌을 것이다. 입사를 하여 더 많은 것, 이를테면 안정된 연봉이나 지위를 얻고 나면 그걸 다 포기하고 창작의 길로 들어서기 어려울 거란 직감이 들었다. 아무것도 가진 것이 없는 당시에도 겁이 났는데, 이미 안정된 상태에서 가진 것을 던지고 새로운 선택을 하기란 더 어려울 것이란 판단이 들었던 것이다. 말하자면, 아무것도 가진 것이 없었기에 나는 시작할 수 있었던 셈이다.

용기를 얻어 엮었던 책을 출판사에 보냈는데, 그 다음날 연락이 왔다. 그렇게 작가로서의 첫 걸음이 시작되었다.

## 내면초상화의 시작

내가 처음 내면초상화를 그리기 시작한 것은 스물 셋, 그림과 시가 담긴 첫 책을 펴냈을 때였다.

꿈에도 그리던 창조적인 일에 막 발을 담갔으니 나는 즐거워야 마땅했다. 그런데 그렇지가 않았다. 작가는 무얼 해야 할까?

나는 어떤 작가가 되어야 할까? 고민하며 글을 쓰려고 책상 앞에 열심히 앉아 있던 시절, 시간이 흐를수록 새로 쓸 책의 원고는커녕 '나는 고독을 즐기는 유형의 사람은 아니라는 사실'만 점점 분명해져 갔다.

소통에 갈증이 났다. 좀 더 사람들 사이에 자리하고 싶었다. 그러나 그때에는 창작은 홀로 하는 것이라고만 생각했고 그 생각에서 벗어날 생각조차 하지 못하고 있었다.

그러던 어느 날, 나의 생각이 바뀌는 계기를 만났다. 한 독립 출간물 행사에 작가로 참여하게 되었을 때였다. 나는 그곳에서 내가 만든 책을 전시하며 동시에 판매도 하고 있었다. 하지만 무언가를 판매하는 일은 익숙지 않은 데다가, 찾아준 사람들이 책을 편안하게 볼 수 있도록 하는 것이 나의 역할이라고 생각해서 조용히 자리만 차지하고 있었다. 그런데 그렇게 오랜시간 침묵하며 부스를 지키려니 점차로 심심해졌다. 그저 앉아 있는 것 이상으로 내가 할 수 있는 무언가가 없을까 고민했다.

문득 사람들에게 그림을 그려 주면 좋겠다는 생각이 떠올랐다. 그리고 그냥 그림을 그리는 것은 재미없으니까, '자신을 표현하는 한 단어'를 받아서 말이다.

나는 내가 진짜로 즉석에서 단어를 그림으로 표현할 수 있는지 시험해 보기로 했다. 그날 집으로 돌아와 가족들에게 '자신을 표현하는 한 단어'를 달라고 하고 그 단어들을 주제로 그림을 그리는 연습을 해보았다.

신기한 일이 벌어졌다. 짧은 시간에 재밌는 그림들이 쏟아져 나왔다. 이성이 제어할 틈이 없이 손이 먼저 그림을 완성해 나갔다. 닥치기 전까지는 어떠한 그림이 나올지 나 자신도 알 수 없었다. 주제를 내가 정하지 않는다는 점도 매력적이었다. 또한 그림이 완성된 후에는 미련 없이 고칠 새도 없이 마음을 비우고 흘려보내야 했다. 마치 내 자신이 장난감 뽑기 기계가 된 것 같기도 한 즐거운 작업이었다. 자신감을 얻은 나는 그 다음날 독립출간물 행사장에서 본격적으로 이 작업을 시작해 보기로 했다.

그렇게 탄생한 '내면초상화'의 첫 이름은 '제멋대로 초상화'였다. "'자신을 표현하는 한 단어'를 말씀해 주시면 정성껏, '제멋대로 초상화'를 그려 드리겠습니다"라고 쓰인 종이 옆에 전날 가족들에게 연습삼아 그려 주었던 그림들을 견본으로 놓았다.

단어로 표현된 사람의 '모습'을 그리는 그림이니 초상화의 형식인데, 생긴 대로가 아닌 내 맘대로 그리는 것이니까 '제멋대로 초상화'였다. 멋지기보다는 편하게, 그리고 되도록 많은 사람에게 그려 주고 싶은 생각에 가격도 가볍게 정했다.

하나 둘 사람들이 모여들기 시작했다.

푸근해 보이는, 수염이 소복한 아저씨가 와서 자신을 표현하는 단어로 '인생'이라는 단어를 주셨다. 왜 자신을 표현하는 단어가 '인생'일까. 그리기 어렵겠다는 생각이 들었지만, '제멋대로 초상화'는 책 전시 부스의 부대 행사일 뿐인 만큼 스트레스 없이 즐기며 하기로 마음먹었기 때문에 떠오르는 대로 편안하게 그리기로 했다.

아저씨의 분위기를 닮은 그림을 그려 나갔다. 사람의 몸을 해체시켜서 얼굴은 달처럼 동그랗게 띄우고, 몸은 길게 산등성이처럼 늘어뜨렸다. 그러고는 글이 함께 떠올라 뒷장에 함께 적었다.

인생

신이 되고, 둘이 되고, 둘이 되어
자연이 되어 가는 인생,

완성된 작업을 건네니 아저씨는 놀란 얼굴이었다. 뒤이어 그는 평생을 자연을 벗 삼아 야영하고 돌아다니며 살아왔다는 말을 했다. 나는 그저 아저씨를 보고 떠오르는 대로 그리고 썼을 뿐인데 말이다. 사람의 얼굴에는 살아온 삶이 자연스레 드러나는 걸까? 신기했다.

많은 사람들이 계속하여 그림을 부탁해 왔고, 나는 기뻤다. 몇몇은 다시 돌아와 추가로 서너 장씩 부탁하기도 했다. 처음에는 그림만 그리려던 것이, 자연스레 글 또한 떠올라 함께 뒷면에 적게 되었다.

사람들과 함께하면서도 내 방식대로 창작할 수 있다는 사실이 나를 행복하게 했다. 하루의 경험이었지만 창작은 혼자 하는 것이라는 고정관념이 깨어지기에는 충분했다.

새로운 기쁨에 흥분이 가시질 않았다. 다시 '제멋대로 초상화'를 그릴 기회가 없을까. 마음은 벌써부터 일 년 뒤에나 있을 다음 독립출간물 행사를 기다리기 시작했다.

## 홍대 앞 프리마켓

시작은 언제나 가슴 설렌다. 프리마켓에 처음 참가하게 된 날은 더더욱 그랬다. 프리마켓에서의 첫날은 싱그러운 여름날이었다. 나는 구비해 둔 접이식 테이블과 색연필, 종이와 책을 들고 파란색의 챙이 넓은 모자를 쓴 채 홍대 앞으로 향했다. 이 파란 모자는 캄보디아 여행 때 구입한 것으로 독특한 반짝임이 있어 제법 눈에 띈다. 내가 좋아하는 강한 색이라 캄보디아에서는 편하게 쓰고 다녔었는데, 막상 한국에 돌아오니 지나치게 튀는 느낌에 한 번도 쓰질 못했었다.

그러나 오늘은 다르다. 내 테이블 앞에서만큼은 내가 주인공
이다. 튀면 튈수록 좋다. 그런 생각을 하며 레몬색 티셔츠와 청록
색 스커트 위에 파란색 모자를 얹었다. 선명하게 대비되는 색 조
합이 마음에 들었다. 괜히 신난 마음에 걸음도 경쾌했다.

프리마켓(Free Market)은 서울 홍대 앞 놀이터에 자리하고
있는 예술시장이다. 발음이 비슷한 플리마켓(Flea Market)이 중
고의 공간이라면 이곳은 창작의 공간이다. 매주 토요일이면 다
양한 분야의 창작자들이 나와 깔개를 깔고, 테이블을 펴고, 자신
의 작업을 직접 선보인다.

분야에는 제한이 없어서 도자기, 회화, 목공예부터 책, 액세
서리, 엽서, 귀걸이 등 직접 만든 것이면 무엇이든 옹기종기 모
여 있다. 십 년이 넘은 오랜 마켓인 만큼 인기도 대단해서 토요
일이면 사람들이 바글바글 모여 있는 것을 볼 수 있다.

나도 고등학생 때 프리마켓이 궁금하여 몇 번 찾아가 보기도
했었다. 예술이나 창작과 거리가 멀었던 시절이라, 직접 만든 작
품들을 열심히 설명하고 판매하는 작가들을 동경의 눈으로 물
끄러미 쳐다보곤 했었다.

내면초상화를 지속적으로 선보일 곳이 어디 없을까 고민하

던 때에 이곳이 생각났다. 꾸준히 사람들을 만나 작업을 하기 위해서는 아무래도 일정한 공간이 필요한데, 언제 구청 직원에게 쫓겨날지 모르는 길거리는 곤란했던 것이다. 아예 나만의 공간을 가게처럼 임대하는 방법도 있겠지마는 부담도 될뿐더러, 접근성도 떨어져서 처음부터 선택지에서 제했다.

프리마켓은 최적의 장소로 보였다. 많은 사람들이 찾아올뿐더러, 쫓겨날 염려도 없는 '예술' 시장이었으니 말이다. 게다가 방문하는 사람들도 길거리에서처럼 그냥 지나치는 사람들이 아닌 문화적·예술적 경험을 하고 싶어 오는 이들이다. 다만 어린 시절의 동경 때문인지, 저 자리에 내가 들어갈 자격이 있을까 그것이 조금 겁이 날 뿐이었다.

프리마켓에서는 홍대 앞 놀이터라는 좁다면 좁은 공간을 효율적으로 활용하기 위해 작품을 전시, 판매하는 작가들과 초상화 같이 관객의 참가를 요하는 작업을 하는 작가들을 구분하고 있었다. 나는 편의상 초상화 작가로 분류되어 후자 쪽이었다. 자리는 분야 내에서 추첨하는 방식이었는데, 놀이터 미끄럼틀이 보이는 벤치가 있는 자리가 초상화 작가들 자리였다.

도르르 캐리어를 끌고 자리로 갔다. 내 오른쪽에는 우군 작가님이, 왼쪽에는 프리마켓 고참 쌈순 작가님이 자리하셨다. 혼자가 아니라는 사실만으로 나는 든든해졌다. 쌈순 작가님께 인사드리면서 프리마켓 첫 참가라고 말씀드리니 친절하게 이것저것 설명해 주셨다. 처음이니 편하게 마음먹으라는 말부터 가격 책정, 전시 요령까지. 내가 이후로도 계속해서 프리마켓 활동을 할 수 있었던 것은 어쩌면 첫날 작가님의 이러한 배려 덕분일 것이다. 프리마켓은 이리 정겨운 곳이다.

처음인지라 사람들이 올지 안 올지, 혹여 그저 앉아 있게만 되면 무안해서 어쩌지 걱정을 했는데 정말 많은 분들이 찾아주셨다. 한 분 내면초상화를 그려 드리기 시작하니 줄이 죽 생겨났다. 가슴은 두근두근 벅차오르고 얼굴은 발개졌다. 한 분 한 분 집중하여 정성껏 내면초상화를 그려 드리기 시작했다.

## 미국 여행

늘 이런 식이다. 할 수 있을지 없을지보다는 하고 싶은지 아닌지로 할 일을 결정해 버리는 것이다. 한 달 여행 후에는 밀린 일들이 많을 터다. 하지만 가고 싶다. 어떻게든 되겠지.

미국 여행은 '어떻게든' 시작되었다. 가고 싶었으니까. 내면초상화 작업을 외국에서 해보고 싶었고, 그곳에 있는 친구들이 보고 싶었고, 그저 헤매며 나 자신과 얘기 나누고 싶었다. 그렇게 '~싶다'는 마음만 믿고 덜컥 비행기표를 끊어 버렸다.

일정은 약 한 달. 일단 가야겠다는 생각에 비행기표부터 질러 놓았으니, 이제 수습할 일만 남았다. 머물 곳은 친구들의 집으로 결정되었으나, 그 외에 꾸릴 짐 말고도 나에게는 과제가 많았다. 여행 목적 중 하나가 해외에서 내면초상화 작업을 하는 것이니만큼 그에 따른 준비가 필요했다. 우선 내가 하려는 '내면초상화 프로젝트'는 공개된 장소에서 진행되는 작업이기 때문에 장소 조사를 미리 해둘 필요가 있었다. 장소 선정뿐 아니라 허가가 필요하다면 그 절차 또한.

좋은 친구들로부터 많은 도움을 받았다. 미국에 사는 친구 지완과 더스틴, 내면초상화를 하며 알게 된 친구 안젤라, 그리고 영어가 능통한 친구 카일리가 도와준 덕택에 막연하기만 했던 계획이 조금씩 구체화되어 갔다.

나는 샌프란시스코와 암트랙 기차 안, 그리고 LA에서 내면초상화를 그리기로 마음먹었다. 그러고는 지역의 관련기관에 하나하나 연락하기 시작했다. 샌프란시스코에서는, 돈을 직접적으로 요구하는 것이 아닌 기부받는 형식으로 진행할 경우 어느 장소를 택하든 상관없다는 해당 관청의 답을 받았고, LA에서는 기부를 받는 형식일지라도 거리 공연자 허가를 받아야 한다는 메일이 왔다. 허가를 받으려면 신청서와 사진, 소정의 면허 발급 비용이 필요했고, 도착하는 날 직접 해당 관청을 방문해야 한다고 했다. 마지막으로 샌프란시스코발-뉴욕행 기차 안에서는 3~4일을 지내는 만큼, 새로이 만날 친구들을 대상으로 내면초상화를 그려 주겠다는 계획을 세웠다.

짐이 많았다. 영문 설명판과 팸플릿, 그림 재료들로 가득한 큰 캐리어 하나와 백팩 하나. 여기까진 괜찮은데 철가방 하나를 들고 간다. 철가방의 정체는 내면초상화 작업용 간이 테이블이다. 펼치면 안에서 의자가 나오고 가방 표면은 테이블 판이 된다. 이동하며 작업을 하는 나에게는 필수 용품이다. 아무래도 가서 구하기는 골치 아플 듯하여 챙겨 가기로 했다. 낑낑.

## 샌프란시스코에서

'나는 강하고, 또 용감해(I am strong, I am brave).'

샌프란시스코에서 얻은 것은 셀 수 없지만, 가장 크게 남은 것을 꼽으라면 이 문장이 될 것이다. 내가 머물렀던 집의 다섯 살 난 꼬마 크리시로부터 배운 말이다.

크리시의 부모님은 아이가 여성이라는 이유로 행동이나 사고에 제약을 받는 것을 원치 않았다. 그래서 딸인 크리시가 암묵적으로 여성에게 강요되는 조신함, 나약함에서 벗어나 자유롭게 자라날 수 있도록 가르쳐 왔다. 아이가 넘어지거나 다쳐서, 혹은 다른 곤경에 빠져 울기 직전이 되면 크리시의 아버지는 딸을 달래는 대신 항상 이렇게 묻는다.

"크리시, 너는 강하고 용감하니?"

그러면 꼬마 크리시는 터져 나오려는 울음을 꾹 참고 앙다문 표정으로 눈에 힘을 주고는 "응, 난 강하고 용감해!"라며 어김없이 일어나는 것이었다.

샌프란시스코에서의 첫 날부터 마지막 날까지. 함께한 기간 동안 나는 크리시가 이리 말하는 것을 자주 들을 수 있었다. 그 나이의 아이에게 벅차 보이던 개울가 징검다리를 건널 때에, 높은 계단을 오를 때에 크리시는 '난 강하고 용감해.' 되뇌며 해내고야 말았다. 실제로 크리시는 좀처럼 울질 않았다. 난 강하고 용감하다고 외치며 자신을 힘들게 하는 환경을 힘껏 걷어찰 뿐이었다.

막상 내면초상화를 그리겠다고 마음을 먹었지만, 행동으로 옮기는 것은 역시나 별개의 문제였다. 샌프란시스코에 도착해서 나는 내면초상화를 바로 그리러 나가는 대신, 지리를 익혀야 한다는 핑계로, 내면초상화 그릴 장소를 사전 답사한다는 핑계로, 날씨가 좋지 않다는 핑계로, 내면초상화 테이블을 꾸밀 장식을 만든다는 핑계로 며칠을 버티고 있었다. 그리하여 표면적으로는 관광 잘하고 잘 먹고 즐거운 나날들을 보내고 있었지마는…
두려웠다. 하고 싶은 일은 무턱대고 저질러 대는, 두려움 자체를 인정하고 싶지 않아하는 성격이 나를 몰아 이곳까지 왔지만 내 마음에는 두려움이 자리하고 있었다. 마음의 준비가 도무지 되지를 않았다.

내가 첫 번째로 내면초상화를 하기로 점찍은 곳은 미션 돌로레스 지역의 돌로레스 공원이었다. 이 공원은 관광지라기보다는 지역 주민들이 돗자리 깔고 책을 읽거나 대화를 나누고 산책을 하는 곳이다. 내가 내면초상화를 하기 전 답사 차원에서 들렀을 때에는 어떤 사람들이 사람 키만큼 큰 비눗방울을 만들며 놀고 있었다. 시간이 지나니 비눗방울 만드는 도구의 주인뿐만 아니라 주변에 있던 사람들이 삼삼오오 비눗방울을 만지고, 만들고 노는 풍경을 볼 수 있었다. 사람들이 북적대는 곳은 아니었으나, 모두가 친근했고 잠시 머물기만 해도 정겹고 편안한 공간이었다. 며칠 동안 돌아다니며 샌프란시스코에서 가장 좋았던 곳은 피셔맨스 워프라는 부둣가와 바로 이 공원이었는데, 특히 내면초상화를 처음으로 보일 장소로는 평화로운 이 공원이 어울리리라 생각했다.

마음을 정하고 스스로가 마지노선으로 정한 날짜가 되어 다시 공원으로 왔지만 나는 여전히 두려웠다. 내가 한국에서 내면초상화를 선보인 곳들은 예술시장과 같이 작가가 작품을 보이기에 머쓱하지 않은, 한마디로 멍석 깔린 장소였다. 허나 이곳에서는 내가 직접 장을 마련하고, 내가 어떤 작업을 하는지 전혀 모르는 사람들에게 관심을 이끌어 내고, 작업을 설명하고, 소통을 이끌어 내야 했다. 그것도 외국어로.

평화로워 보였던 공원은 답사하러 놀러왔던 날과는 다른 공간처럼 보였다. 사람들이 나를 이상하게 보면 어떡하지, 형편없다고 생각하면 어떡하지, 아무도 다가오지 않으면 어떡하지, 누가 쫓아내면 어떡하지, 영어로 시가 안 떠오르면 어떡하지, 못 알아듣고 버벅대면 어쩌지 등등 머릿속에 수만 가지 생각이 나를 날카롭게 눌러 왔다.

눈 딱 감고 테이블을 펴는 작은 일부터 시작하기로 한다. 큰일을 머릿속으로 떠올리면 까마득해지는 법이지만 작은 일부터 시작하면 두려움이 덜 하다.

'테이블만 펴는 것이고 그림을 당장 그릴 필요는 없다.'

그렇게 생각한다. 이곳에 그림을 무조건 많이 그리러 온 것이 아니다. 이 장소에서 내면초상화를 그리며 새로운 사람들과 소통한다는 사실이 중요하고, 더 중요한 것은 그 과정 속에서 내 마음이 즐거워야 한다는 것이다.

나는 사람이 그리 많지 않은 언덕배기에 테이블을 펴기 시작한다. 시선이 덜한 곳이니만큼 마음이 조금은 가볍다. 테이블을 펴니 몇몇 사람들이 쳐다보다가 다시금 자신의 삶 속으로 돌아간다.

테이블을 편다. 골백 번 본 익숙한 테이블을 보니 신기하게도 조금씩 진정이 된다. 호흡한다. 준비해 온 도시락을 펴고 먹는

다. 사진을 두어 장 찍는다. 두려움이 시간에 밀려 지루함으로 바
뀌는 시점이 오자 이제 시작하고 싶다.

내면초상화 견본들을 내걸고, 작업에 필요한 색연필, 볼펜,
종이 등을 꺼내어 놓는다. 그리고 팻말을 세운다.

"Hello, I am a poetry painter Sunyoung Cho.
If you give me one word describes you best,
I will draw an inner portrait of you."

팻말을 세우는 것은 낯선 이에게 말을 거는 행위이다. 이것
으로 나의 준비는 끝난 셈이다. 내가 건넨 말에 소통해 올 사람
을 기다리기만 하면 된다. 지루함은 금세 신남으로 바뀐다. 두근
대기 시작한다.

얼마 지나지 않아 공원처럼 편안한 옷차림을 한 아저씨가 개
를 끌고 슬렁슬렁 걸어온다. 배리라고 자신을 소개한 이 아저씨
는 내면초상화가 무엇인지 내가 무얼 하고 있는 건지를 묻는다.
작업에 대해 설명하였더니 흥미로워한다. 평소 활동하는 붐비는
예술시장에서였다면 자신을 표현하는 단어를 바로 달라 하겠지

만, 이곳은 늘어선 줄도 없는 한가로운 곳이다. 압박 없이 자유롭게 시공간을 조율하기로 한다. 평화로운 이곳의 분위기에 젖어 이 아저씨와 나는 30분여 대화를 나눈다. 대화가 가장 재미있는 시점에서 아저씨는 '자신을 표현하는 한 단어'로 '자유'를 내어놓는다.

시작했다. 드디어 '시작'한 것이다. 긴장이 채 풀리지 않아 꼭 쥔 양손이 대화한다.

"선영, 너 강하고 용감하니?"

"응, 나 강하고 용감해!"


## 보이는 것과 보이지 않는 것에 대하여

샌프란시스코에서 시카고를 거쳐 뉴욕까지 기차를 타고 여행했다. 비행기를 타면 6시간 만에 갈 수 있는 거리이지만 그 안에서 내면초상화를 그리면 재밌겠다는 생각에서였다. 기차에서의 3박 4일은 내내 머물고 싶을 만큼 평화롭고 행복했지만, 한 가지 문제가 있었다. 바로 샤워를 할 수 없다는 점이었다. 하루에 우리나라 돈으로 30만 원가량을 추가로 지불하면 샤워실이 딸린 작은 방을 빌릴 수 있었지만 사치라 느껴졌다. 내가 이용한 일반석은 샤워가 불가능했다. 화장실에서 간단한 세면을 할 수 있을 따름이었다. 그나마도 물이 찔끔찔끔 나왔기 때문에 씻고 난 후에도 개운한 느낌은 아니었다.

텔레비전에서 실험자에게 일주일동안 씻지 못하게 하고 행동의 변화를 관찰하는 다큐를 본 적이 있다. 발랄한 성격의 실험자는 시간이 흐를수록, 사람들을 대하는 태도가 소극적으로 변해 갔다. 그들을 대하는 주변인들의 태도도 불친절하게 바뀌어 갔다. 그때는 변화하는 실험자들을 보면서도 일주일 동안 씻지 못하는 것이 그리 대수인가, 생각했었다.

헌데 씻지 못한 채 이틀이 지났을 때, 내게도 같은 변화가 일어나기 시작했다. 내 자신이 불결하게 느껴지면서 자신감을 상실하게 되었다.

경유역에서 휴식을 취할 때였다. 꼬질꼬질한 모습으로 식사할 곳을 찾아 걷고 있는데 사람들이 왠지 곁눈질하는 것 같았다. 길을 걷던 여자 둘에게 조심스레 말을 걸려 다가갔다.

"실례합…"

그러나 두 여자는 내가 말을 걸기도 전에 무의식적으로 내게서 방향을 틀었다. 나는 크게 상처받았다.

결국 나는 시카고 역 화장실 세면대에서 샴푸를 꺼내들고 머리를 벅벅 감았다. 머리를 깨끗이 감고 세수를 제대로 하고 나니 기분이 개운해지며 자신감 또한 회복되고 있었다.

머리를 감으며 나는 샌프란시스코에서 내가 머물렀던 크리시의 집을 떠올렸다.

샌프란시스코의 날씨가 마냥 따뜻할 것이라고 생각했던 나는 얇은 옷은 많이 챙겨갔으나 겉옷은 하나밖에 가져가질 못했다. 예쁘다고는 결코 할 수 없는 카키색의 편한 바람막이 점퍼였다. 그런데 샌프란시스코의 날씨는 예상 외로 쌀쌀했고, 나는 그 바람막이를 머무르는 2주일 내내 입어야 했다. 매일 저녁 나는 크리시 가족과 식사를 하며 이야기를 나누었는데 그때마다 나의 옷차림은 항상, 여행하느라 꼬질꼬질해진 그 바람막이였다.

샌프란시스코에서의 마지막 날, 나는 돌아다니던 중 마음에 드는 재킷을 발견하여 구입하게 되었다. 자신이 봐도 자신이 근사해 보일 때가 있지 않은가? 그날의 내가 그랬다. 내내 같은 옷을 입고 있다가 나에게 꼭 맞는 데다가 재질마저 좋았던 그 재킷을 입었을 때, 나는 더 없이 만족했고, 뿌듯한 기분으로 그날의 저녁식사 테이블에 앉을 수 있었다.

당연히 가족들의 반응이 있으리라 생각했다. 2주일 내내 입었던 나의 바람막이에 대해 농담으로라도 아무 말 않았던 그들이었지만, 근사한 새 옷에 대해서는 작은 언급이라도 있겠거니 예상했다. 허나 그들은 그 날 내 새 재킷에 대해 단 한마디도 하지 않았다. 이전에 나의 바람막이에 대해 아무 말 않았던 것은 그들의 배려심이었다고 할지언정, 2주일 내내 같은 옷을 입던 사람이 새 옷을 입었을 때는 한마디 할 법도 한데 말이다.

나중에야 나는 그들이 왜 옷에 대해 아무런 말도 하지 않았는지 이해하게 되었다. 그만큼 내가 입은 옷에 신경을 쓰지 않았기 때문이었다. 그리고 그것은 '우리는 네가 멋진 재킷을 입든, 매일 같은 바람막이를 입든 신경 쓰지 않는다'는 표현이기도 했다. 이해하고 나니, 나는 진심으로 마음이 편해졌다.

크리시 가족의 집에서 나는 내가 입은 옷, 나의 생김새가 아닌 내가 품은 생각, 내가 하는 행동들로 평가받고 있었다. 세상에는 보이는 것을 보지 않고 보이지 않는 것을 보는 사람들이 있었다.

어느새 뉴욕에 도착했다. 1년 반 만에 다시 방문한 뉴욕은 여전히 번쩍번쩍했다. 특히 타임스퀘어와 브로드웨이 근방은 뉴욕에서 가장 빛나는 곳 중 하나이다. 화려한 대형 체인 상점들이 즐비한 그곳에서 나는 정신이 혼미해졌다.

분명 이전에 방문했을 때는 구경거리가 많아 재미있기만 했는데, 기차를 타고 자연 안에 있다가 오니 완전히 달리 보였다. 자연은 그 속에 녹아드는 듯한 기분과 한없는 자유로움을 주었지만, 이곳은 정반대였다.

저마다 튀기 위해 아름답게 단장한 네온사인 간판들 밑 눈부신 쇼윈도 안에는 구매욕을 자극하는 예쁜 물건들이 놓여 있다. 물건들의 빛에 사람들은 초라해 보였다.

상점에 발을 들이는 순간 나는, 이곳에서 물건을 구매할 능력이 있는지 겉모습으로 평가받았다. 점원들은 나를 빠르게 위아래로 훑어보았고, 구매 욕구를 자극하는 광고 문구들은 그 물건들을 구입해야만 쓸모 있는 인간이 된다는 메시지를 내게 주입하고 있었다.

상점을 나와 걷는데 슈퍼맨 분장을 한 사람이 웃으며 같이 사진을 찍자며 다가왔다. 이 도시에서 가장 밝게 웃음을 보여 준 이 사람과 포즈를 취하며 사진을 찍었다. 재미있는 추억을 만들었다 생각하려는데 슈퍼맨이 돈을 달라며 손을 내민다.

이곳에서 나는 내가 가진 것, 나의 차림새에 의해 평가받고 있었다. 황급히 숙소로 향한다. 좁고 더러운 통로를 지나 계단을 한참 오르니 침대만 덩그러니 있는 싸늘한 방이 내 방이었다.

손을 턱에 괴었다. 창문 너머 검검한 길거리엔 하얀 스티로폼 알갱이들이 보스라져 날고 있었다. 멍하니 통통통 튀며 나는 알갱이들을 보고 있노라니 그 움직임을 따라 그전엔 볼 수 없었던 바람의 모양 또한 볼 수 있었다.

나는 이제껏 바람이 불 때 그저 한 방향으로 부는 줄로만 알았다. 그런데 스티로폼 알갱이가 나는 모습을 따라 보니 바람이 한 방향뿐만이 아닌 동시에 반대 방향으로 불기도 하는 것이, 때로는 방향을 잃고 팽그르르 돌아가기도 하는 것이, 없는 듯 엷게 흩어지기도 하는 것이 보였다.

말하자면 보이는 알갱이들이 보이지 않는 바람의 모양을 세세히 펼쳐 보여 주고 있었던 셈인데, 둘의 관계가 참 신기하여 알갱이들 나온 쓰레기봉투 옆에 한참을 넋 놓고 앉아 있었다.

스티로폼 알갱이가 바람의 모양을 보여 주듯이. 보이는 것들로 가득한 이 도시에서 나는 보이지 않는 것을 드러내는 작업이 떠올랐다. 다시 종이와 색연필을 꺼내어 내면초상화를 그리고 싶어졌다.

## 이동과 멈춤 사이

새벽 6시 뉴욕 맨해튼의 한 호텔 앞, 나는 오들오들 떨면서 공항으로 가는 슈퍼셔틀을 기다리고 있었다. 슈퍼셔틀은 택시 개념의 밴 서비스로, 여러 명이 무작위로 함께 타게 된다. 택시보다 저렴하고, 대중교통보다 편리해서 선택했다. 이제 조금 후면 LA로 가는 비행기를 탄다. 서로 아무도 인사 나누지 않는 싸늘한 밴에 몸을 싣고 출발한다.

LA에 무사히 도착했다. 다시 슈퍼셔틀을 타고 산타모니카 해변에 내렸다. 이곳에 내가 LA에서 내면초상화를 그리게 될 거리와, 그 거리를 관리하는 사무국이 위치해 있다. 사무국에서 '거리의 예술가'로 등록하고 면허를 발급받아야 거리에서 활동할 수 있다. 나는 미리 연락해 두었던 담당자를 찾아서 별 문제 없이 서류를 작성하고, 이곳 '거리의 예술가'로 등록할 수 있었다. 면허증은 3일 후에 발급되었다.

3일 후 정오 즈음 나는 지하철을 타고, 또 버스를 갈아타고 산타모니카 해변에 다다랐다. 넘실대는 파도소리가 들려온다. 나는 이 해변 부둣가와 근방에 있는 번화가 Third Street Promenade에서 내면초상화를 그리도록 허가받았다. 아점을 먹을 겸 맥도날드에 들어가 메일 확인을 했는데, 그 전날 낑낑대며 영어로 연락한 산타모니카 프레스라는 지역 신문과 LA 한국일보에서 취재요청이 와 있었다. 출발이 좋다.

드디어 자리를 잡았다. 조금 후, 관리자가 다가와서 면허증을 확인하고 내게 룰을 가르쳐 준다. 이곳에서는 한 사람이 한 자리를 독점하는 것을 방지하기 위하여 몇 시간마다 자리를 옮겨야 했다. 약간 번거롭긴 하지만, 텃세가 생길 수 있는 거리 공연에서 신입 아티스트들을 보호하는 합리적인 룰이었다. 작은 것이지만 시에서 거리공연에 대해 얼마나 고민했는지를 알 수 있었다.

거리의 악사 아저씨가 내게 와서 자신은 오늘이 첫날이라고, 나에게 좋은 자리를 맡았다면서 말을 걸어왔다. 도착한 지 몇 시간 되었을 뿐인데 졸지에 나는 이곳에서 선배 예술가가 되었다. 내가 아는 룰에 대해 간단히 설명해 주고, 나는 소리 없는 작업을 하니 원한다면 이 근처에서 해도 괜찮다고 말했다. 그는 기쁜 듯이 웃으며 나와 가까운 곳에 자리를 잡았다. 아저씨의 색소폰 연주소리를 들으며 즐겁게 작업했다.

캘리그라피 아트를 하는 한국인 작가분도 만났다. 내가 멀리서 여행 와서 허가증까지 받고 하는 걸 보며 기특해하셨다. 조금 더 길게 머물렀다면, 거리 공연을 할 수 있는 다른 장소들도 안내해 줄 수 있었을 텐데, 하고 아쉬워하시면서 다음에 꼭 연락 달라고 하셔서 기뻤다.

나는 끊임없이 사람들을 만나기 위해 이동한다. 그리고 멈춰선 그 순간 사람들은 나를 만나기 위해 이동하여 온다. 저 멀리 손님이 온다, 얘기를 나눈다, 내면초상화를 그린다. 삶을 레코드 돌리듯 멋대로 플레이하고 멈출 수 있다면, 즐거운 이 순간에 딱 멈추어 머물러 있으면 좋겠다고 생각한다.


## 음악과의 교환

제천 국제 음악 영화제에서 내면초상화 작업을 하고 돌아온 후 한참을 후유증에서 벗어나지 못했다. 큰 까닭은 마지막 날 일에 있었다.

룸메이트이자 음악가 소진. 우리는 제천에서 거리아티스트로서 3일간 같이 방을 썼으나, 스케줄이 달라서 서로가 무슨 작업을 하는지도 모르다가 마지막 날 아침에야 잠시 이야기를 나눌 수 있었다. 대화 도중 소진은 자신이 이따 나의 내면초상화 부스를 찾아오겠다며, 자신이 노래를 부를 터이니 나에게 내면 초상화를 그려 달라고 했다. 말만으로도 낭만적, 꼭 들러 달라 했다.

7:40pm

서울 가는 차 시간이 다 되어가, 언제 올지 기다리는데 문자가 하나 왔다.

"저희 이제 공연 끝내고 가요! 좀만 기다려요, 초!!"

7:50pm

떠나야 할 시간을 10분 남기고 소진이 밴드멤버 빵과 함께 내게 왔다. 의자 하나를 자신들이 앉은 의자 앞으로 끌어당기더니 나를 앉힌다. 노래 제목을 두 개 주며 고르라 한다. 그 중 '햇빛'으로 시작하는 노래를 청한다. '달'로 시작하는 노래를 고를 줄 알았다며 소진과 빵은 웃으며 서로가 든 악기를 바꿔 쥔다.

눈을 감는다. 친다, 조용히 기타 친다. 움직인다, 돌과 산호모양으로 이루어진 악기 사르르 움직인다. 부른다, 목소리 노래 부른다. 날 위해 두 사람이 음악으로 이 공간을, 이 시간을 짓는다. 멎는다, 나는 숨이 잠시 멎었다가는 그 안에 녹아든다. 나는 청혼을 받아도 이리 감동적이진 않을 거라며 말을 잇지 못한다.

며칠 뒤 소진으로부터 메일이 왔다. 그 순간은 나에게만 특별했던 것이 아니라, 그들에게도 특별한 순간이었다는 내용의 메일이었다. 기뻤다, 라는 말로는 아마 다 표현하지 못하겠지. 살면서 이런 느낌들만큼은, 붙잡아 부여안고 싶다. 이들의 노래를 들으러, 나는 아마 제천에 갔던가 보다.


## 클레어, "우리는 어떻게든 만나게 되어 있다"

클레어와는 내면초상화 작업을 통해 알게 되었다. 그림을 받고는 고맙다고 편지를 건넨 그였다. 그러나 막상 따로 만나려니 걱정—'어색하지는 않으려나…' '둘이서만 보면 무슨 얘기를 하지'—과 긴장이 되었다.

만나기로 한 카페에 도착해 클레어에게 전화하는데 '헬로', 영어를 하니 앞서 걸어가던 다른 외국인이 눈 동그랗게 뜨고 돌아본다. 그녀는 2층에 있단다. 계단을 걸어 올라가니 읽던 책을 덮으며, 환하게 맞아준다. 미소를 보니 잠시나마 하였던 걱정이 사라진다.

숏 사이즈 음료를 들고선 그녀의 벤티 사이즈 음료 앞에 앉는다.

나는 눈이 빛나는 사람들을 좋아한다. 이 순간을 살고 있다는 표식, 그것이 내가 동족을 판별하는 방법이다. 그녀는 눈이 빛나는 사람이었다. 그래서 내면초상화를 그리며 한 10분남짓한 대화로 나는 그리 즐거울 수 있었던 거다.

환한 웃음으로 서로를 알아본 후, 우리는 몇 마디만으로 오래 알던 사이가 된다. 내면초상화를 통해 한 번 만난 사이였지만, 우리는 우리가 다시 만날 것이라는 사실을 알고 있었다. 잡았던 한 번의 약속이 틀어졌을 때, 클레어는 괜찮다며 '우리는 어떻게든 만나게 되어 있다'라고 했고, 나는 그 말이 무슨 말인지 정확히 이해했다.

우리는 여러 가지 이야기를 나눴다.

클레어는 현재 중학교 영어 교사로 일하고 있지만 본업은 다큐멘터리 사진작가라고 했다. 영국 런던에서 태어나 고등학생 때 캐나다로 건너가 그곳에서 대학까지 공부했다고 했다. 졸업 후 백만 원 남짓을 가지고 무작정 한국에 왔다. 그리고 그녀는 살아남았다. 훌쩍 다른 나라로 떠나 사는 삶이라니, 듣기만 해도 설레었다. 그런 내 표정을 보며 그녀는 내년에 영국 혹은 캐나다로 돌아갈 예정인데, 내가 원한다면 그곳에서 내면초상화를 그릴 수 있도록 돕고 싶다고 했다. 할 만한 장소들을 알고 있다며 활짝 웃었다. 무언가를 정말로 바라면 이루어지는 법이라며 나를 부추겼다. 외국에 나가 살고 싶으면 그렇게 하라고, 어떻게든 될 거라고 말했다.

그녀는 진로지도를 하며 학생들에게 이런 질문을 던졌다고 한다. ―'내가 잘하는 일은 무엇인가?' '내가 하고 싶은 일은 무엇인가?' '내가 다른 이들을 위해 할 수 있는 일은 무엇인가?'

그녀는 학생들에게 삶을 어떻게 살아갈 것인지 스스로 깨닫도록 하고 있었다. 천천히 고개를 끄덕이며 다시 한 번 마음으로 그녀와 악수했다.

나란히 역을 향해 걸었다. 주머니에 손을 넣는다. 키가 맞지 않아 클레어는 갓길에서, 나는 십센티쯤 올라간 보도블럭 위에서 걷는다. 그럼에도 클레어가 여전히 크다. 시선을 위로 하여 눈을 마주치고는 둘 다 웃는다.

그녀와 나의 사이즈는 마셨던 벤티 사이즈와 숏 사이즈의 음료만큼이나 차이가 나지만 마셨던 음료처럼 서로 같은 온도를 품고 있음을 안다. 눈이 마주치지 않아도 다시 방긋 웃는다.

## 파울라와의 수다

즉석내면초상화를 그리며 친구가 된, 루마니아에서 온 파울라와 저녁을 먹었다. 영화를 공부하는 친구라 서로의 예술세계에 대해 이야기하고, 즉석내면초상화에 대해 이야기하고, 한국에 대해 이야기하고, 루마니아에 대해 이야기하다 보니 어느새 시간이 훌쩍 지나가 막차시간이 되었다. 말이 통하는 데에는 나이와 나라가 상관없구나. 늘 새로운 사람과 여행하듯 새로운 이야기를 나눌 수 있어 행복하다.

파울라에게 내 고민을 털어놓자, 그녀는 영화에서라면 다음 이야기가 어떻게 전개되었으면 좋겠느냐고 물었다. 인생을 마치 한 편의 영화라고 상상하고 어떠한 선택을 하면 좀 더 멋진 영화가 될지 생각해 보라는 것이다.

'영화에서라면 나는 어떻게 행동할까? 영화에서라면 어떤 방향으로 이야기가 전개되는 것이 좋을까?' 그렇게 생각하니 내 인생을 한 발자국 떨어져 전체적으로 볼 수 있었고 내가 나아갈 다음 방향 또한 알 수 있었다.

6살 차이에도 불구하고 나는 그녀와 내가 이미 친구임을 알 수 있었다. 보통 나보다 나이가 어린 사람에게 얻어먹기란 마음이 불편한 일인데, 파울라가 이번 저녁은 자신이 사고 싶다고 이야기했을 때 불편함이 전혀 없었다.

그녀는 내가 자꾸 스스로 나이 들었다고 말하는 것을 지적하며, 나는 여전히 젊고 어리다는 것을 상기시켜 주었다. 나는 고정관념으로부터 제법 자유로운 사람이라고 생각했는데, 파울라의 말을 듣고 놀랐다. 갈 길이 멀구나.

우리는 8시에 만나 11시까지 시간 가는 줄 모르고 수다를 떨었다. 3시간 동안 시계를 한 번도 보지 않은 것은 정말 오랜만의 일이었다.

내 곁엔 좋은 사람들이 점점 더 많아지는 것 같다. 생생한 국화꽃 다발만큼이나 행복한 하루였다.

## 마음을 열기 위해

한 친구는 내가 두 사람인 것 같다고 했다. 단둘이 있을 때는 자기중심적이고 화도 잘 내는 불완전한 사람이지만 내면초상화가로서 앉아 있을 때는 뭐든지 받아줄 것 같이 너그럽고 이해심 많고 현명한 사람이라는 것이다. 평소에는 들쑥날쑥 고집쟁이에 모 많은 나이지만은 내면초상화를 그릴 때만큼은 '나'를 다 버려 두고 온전히 내 앞의 사람만을 담는 것. 그것이 내면초상화가로서의 내가 취하고 싶은 태도다.

그러기 위해 나는, 내면초상화 테이블 앞에서는 누가 무슨 이야기를 하든지 있는 그대로 받아들이려 한다. 내 생각이나 가치관, 경험 따위는 잠시 치워 둔다. 내 앞에 있는 대상이 세상 유일한 존재이고 그가 들려주는 이야기가 세상 처음 듣는 이야기라 여기며 듣는다. 상대가 얘기하는 그곳에 함께 있어 주려 한다.

또한 오신 분이 나이가 적건 많건 옷을 어찌 입었든 모두 가장 귀한 손님이라고 생각한다. 내면초상화를 그릴 때면 내가 가진 옷 중 가장 깨끗하고 정갈한 옷을 입고 나가 가장 중요한 연설을 듣는 마음으로 여러분들의 이야기를 귀 기울여 듣는다. 존중받고 있다는 느낌을 받는다면 사람들은 더 마음을 열고 이야기를 풀어놓을 수 있다.

겉으로 드러나는 정보가 아닌 그 사람의 속 이야기에 집중하는 것도 중요하다. 대개 처음 만나는 사람들이 나이와 소속을 파악한 후 이야기를 나누게 되는 반면, 내면초상화 작업은 '자신을 표현하는 한 단어'를 통해 인사한다. 그렇기에 처음부터 겉껍질을 던지고 마음을 터놓고 이야기할 수 있게 된다.

해금은 온갖 음을 낼 수 있다고 한다. 음색이 다양하고 음 사이사이의 음을 모두 낼 수 있기 때문에 개성을 가지면서도 동시에 다른 모든 악기와 잘 어우러진다고 한다. 내면초상화를 그릴 때의 나는 해금이 되고 싶다고 생각했다.

## 함께 뜨기 위하여

얼마 전 "작가 초선영(인간 조선영 — 나의 본명이다 — 이 아닌)의 생계를 책임져 주고 싶다"는 말을 들었다. 공적으로 만난 분으로부터 이러한 말을 들은 것은 작업을 시작하고 세 번째다. 회사 차원에서 후원하고 싶다는 말을 들은 적도 있었고, 여러 도움을 주겠다는 분도 있었다. 이런저런 이유로 모두 함께 하지는 못했지마는 그 감사한 마음은 가슴에 오래 남아 있다. 어찌 그리 불안정한 길을 걸어가나 겁 안 나냐 사람들이 물을 때면 남에게 도움이 되는 사람이 되면 굶진 않을 거라 답하며 여기까지 왔는데. 이리 마음 써주는 분들을 만날 때면 내 생각이 그르지 않았구나. 확인받는 기분이라 기쁘다.

받을 것보다는 줄 것을 우선으로 생각하며 살다 보면 다 되겠지 싶다. 먼저 줄 수 있는 사람이 된다면, 쓰임받는 사람이 된다면 어떻게든 주고받으며 살아가게 될 것이고. 그 생각은 지금도 변함이 없다. 비현실적인 사람은 비현실적으로 살아가기 마련이니까.

나는 참으로 불완전한 존재다. 울적할 때도 많고 한없이 가라앉을 때도 많다. 게다가 내가 스스로 헤쳐가야 하는 이 작가의 길을 선택하고 난 후론 정신적·경제적 어려움을 겪을 때가 많다. 그러한 내가 계속하여 살아가고 나아갈 수 있는 것은 많은 사람들의 도움을 받고 있기 때문이다. 이렇게 생각해 주고 도움을 주고 싶다는 분들이 계신다는 것은 생각할수록 참 감사한 일이다.

송곳처럼 날카롭고 예민한 나이지만, 응원해 주는 주위 사람들 덕에 딛고 조금씩 나아가고 있다. 나 스스로가 이렇게 받으며 살아가고 있기에 나와 같이 도움을 필요로 하는 사람들이 있다면 나 또한 돕고 싶다. 사람들을 나아가게 하는 것은 엄청난 일이 아니다. 씨앗 같은 작은 일들이 계기가 되어 나아가게 한다. 나는 그 씨앗 뿌리는 사람이 되고 싶다.

수영을 처음 배우던 어린 시절의 기억이 떠오른다. 겁이 많은 데다가 고집 또한 셌던 나는 내가 물에 뜰 수 있다는 사실을 믿을 수 없었다. 믿지 못하니 물에 뜰 수 있을 리 없었다. 무서웠다. 뜨려 몸을 기울이다가도 불안한 마음에 팔다리를 허우적대며 물만 잔뜩 먹기 일쑤였다. 같이 배우기 시작한 친구들은 벌써 배영을 배우고 있었는데도 나는 넉 달 째, 여전히 물에 뜨지도 못하고 있었다.

재미있었던 사실은 절대 물에 뜨지 못하다가 지도 선생님이 손가락 한 개를 잡아 주었을 때 처음으로 물에 뜨게 되었다는 것이다. 선생님이 손가락을 떼면 다시 내 몸은 무겁게 가라앉았지만 잡아 준 그 손가락 하나로 인해 뜰 수 있다는 믿음이 내 안에 생겨났다. 그 후 차츰 연습을 통해 나는 스스로 물에 뜰 수 있게 되었다. 손가락 하나의 힘으로 사람을 띄울 수는 없을 터이니 결국 나를 물에 뜨게 한 것은 나 자신이었을 테지만 시작은 그 손가락 하나였다.

우리에게 필요한 것은 그때의 나에게 건네졌던 손가락 하나와 같은 작은 계기일 테다. 그것만 있다면 다른 빈 공간은 순식간에 채워지고 만다. 겨우 물에 뜨는 방법을 배운 아직도 허우적대는 내가, 온 힘 다해 다른 누군가를 일으킬 욕심은 부리지 않는다. 그럴 능력도 여력도 내게는 없다.
단지 삶을 통해 건네고 싶은 것은 과거의 그 손가락 하나. 내

글과 그림이 누군가에게 작은 울림이 될 수 있다면, 변화할 작은 계기가 되어 줄 수 있다면.

그러한 마음으로 나는 오늘도 쓰고 그린다.

2부

새싹처럼 돋아나는
마음들

나도 나무처럼 잎을 돋아내고 싶다는 생각
이 들 만큼 햇살이 따사로운, 봄과 여름 사
이의 어느 날이었다. 무작정 거리에 나가
사람들을 만나 내면초상화를 그려 보고 싶
었다. 그림 그리는 친구 정은이가 자신도
거리 전시를 한번 해보고 싶었다며 같이
해보는 것이 어떻겠냐는 제안을 했고, 그
렇게 막연한 계획은 현실이 되었다.

우리는 평소에 눈여겨보았던 안국역
인근 풍문여고 앞 길거리로 나가 보기로

했다. 삼청동으로 이어지는 길이라 사람도 많고, 돌담이 주욱 이어져 있어 분위기도 좋은 곳이다.

하늘도 맑고 기분도 맑았다. 나는 준비해 온 간이 테이블을 펴고, 정은이는 그림을 하나 둘 꺼내어 전시하기 시작했다. 그렇게 준비가 끝나 손을 탁탁 털고 있을 때였다. 굵직한 목소리가 들려왔다.

"여기서 뭐 하는 거예요? 이런 거 하면 안돼요."

돌아보니 찰칵찰칵, 사진기로 우리를 찍고 있는 구청 직원이었다. 전에 이곳에서 물건을 판매하는 사람들을 많이 보아서 괜찮을 줄 알았는데 우리의 오산이었다.

"빨리 치워요. 빨리빨리."

구청에서 나온 분이라니 할 말이 없어진 우리는 한 사람도 못 만난 채 이제 막 편 자리를 정리하기 시작했다. 치우는 도중에도 야속한 직원은 다 치운 증거사진 또한 찍어 가야 한다며 연신 '빨리빨리'를 외쳤다.

"지금 치우고 있잖아요. 사진 그만 찍으세요."

속상해서 퉁명스러운 목소리가 절로 나왔다.

"치웠다는 증거로 찍어야 해. 빨리 치워요."

그런 그도 마음이 썩 좋진 않았나 보다. 다 치우고 났을 때,

"정 하고 싶으면, 저 쪽 골목으로 가요. 거긴 단속 안 하니까."

덧붙이고는 '빠르게' 사라진 걸 보면.

직원의 말을 듣고 쫓겨 간 곳은 한적한 샛길이었다. 번화가로 이어지는 옆 골목과는 다르게 동네 주민들이 편안하게 걸어다니는 곳이었다.

'이렇게 사람이 없어 단속을 하지 않는구나!'

사실 길거리에서 내면초상화를 그리며 적게나마 수익을 얻을 수도 있지 않을까 내심 기대하고 나왔는데 이렇게 인적 드문 샛길이라니. 게다가 얼마 되지 않는 사람들은 우리에게 정말 눈길도 안 주는 것이었다. 멍하니 앉아 있다가 그래도 이왕 여기까지 왔는데 그림은 그리고 가야겠다는 오기가 생겼다. 무료로라도 그려야겠다고 생각했다.

"내면초상화 그리고 가세요. 무료예요."

하지만 무료라는 말에 사람들이 더 의심을 가지는 것 같았다. 열심히 외쳐보았지만 사람들의 발걸음은 멈추지 않았다. 아예 포기하고 마음을 편하게 먹은 채 정은이와 대화를 나누고 있을 때였다.

"젊은 친구들이 여기서 뭐해요?"

양산을 오붓하게 쓴 할머니셨다.

"자신을 표현하는 단어 하나를 주시면 그걸 바탕으로 내면 초상화를 그려 드려요."

"어디 보자, 우리 한 번 해볼까요?"

부드러운 말에 마음이 금세 푸근해졌다. 한산한 분위기에서 편안하게 할머니와 대화를 나누며 그림을 그렸다. 먼저 할머니께 여쭈었다.

"할머니, 어떻게 사는 것이 좋은 인생이라고 생각하세요?"

고민 많은 나, 나보다 몇 십 년을 먼저 사신 분에게 뭐든 배우고 싶었다.

"글쎄, 꿈을 펼치면서 사는 것? 아가씨들, 무어든 해보는 게 하지 않은 것보다 훨씬 나아요. 그 기억들이 나중에 생각해 보면 다 행복이거든. 꿈도 마찬가지지. 그러니까 지금처럼 하고 싶은 게 있으면 다 도전하면서 살아요."

할머니는 지긋이 미소를 지으셨다. 그러고는 길거리로 나와 재미있는 일에 도전하는 우리가 기특하다며 건너편 가게에서 음료수를 하나씩 사주셨다. 야외에서 마시는 음료수는 정말 달콤했다. 구청 직원에게 쫓겨나며 한 풀 꺾인 마음이 다시 자라나는 기분이었다. 힘이 솟아난 나는, 그날 몇몇 사람들을 만나 내면초상화를 그릴 수 있었다.

돌이켜보니 할머니의 말씀이 옳았다. 뭐든 해보지 않는 것보다는 해보는 것이 낫다. 그날 무안하게 쫓겨나기도 했고 아주 많은 사람들의 내면초상화를 그리지는 못했지만, 시도한 편이 나았다. 우리는 길거리에서 무작정 지나가는 사람들에게 말을 걸고 소통하는 소중한 경험을 할 수 있었다. 또 돈을 벌지는 못했지만 따뜻한 말, 음료수, 햇살, 미소, 무엇보다 싱그럽게 살아가고 있는 사람들을 만날 수 있었다. 한적한 그 골목이 아니었으면 하지 못할 경험이었다.

포기했다면 정말 후회했을 것이다. 특히 이 날의 시도를 통해 용기를 얻고 점점 더 많은 새로운 장소에서 내면초상화 그리기를 도전하게 되었으니 말이다.

작은 시도들을 통해 나는 새싹처럼 돋아나고 있었다. 그리고 내면초상화 작업을 하며 여러 사람들을 만나 얘기 나누어 본 지금은, 이 순간에도 사람들이 저마다의 방식으로 싹을 돋아내고 있다는 것을 안다.

　　이 장에서는 희망을 품고 자라나는 새싹과도 같은 사람들의 내면초상화를 소개하려 한다.

스무 살 _____

　　　나는 넉넉한 화분

　　　언제든 새 씨앗 심어

　　　새싹 틔울 수 있는

　　　싱싱한 화분

## 스무 살

나이는 사람들이 쉬이 자신을 제한하는 도구가 된다. 하고 싶은 일이 있어도 너무 나이가 어려서, 너무 나이가 많아서 자신은 못 해낼 것이라고 바로 두 손을 들어 버린다. 나 또한 마찬가지였다. 그래서 '스무 살'이라는 단어를 받아들고 나는 묘한 부러움에 휩싸였다.

"스무 살이신가 봐요."
앞에 앉은 분께 말을 건넸다. 동그란 모자에 밤색 파마머리가 경쾌한 아가씨였다. '자신을 표현하는 한 단어'가 '스무 살'이니 당연히 나이가 스무 살이시려니, 단순하게 생각하여 부러워했던 것이다. 하지만 돌아온 대답은,

"아니에요, 실제 나이는 훨씬 많아요."

당황한 기색의 나를 보고 아가씨가 까르르 웃었다. 삼십대로 보이지 않는 천진한 얼굴을 한 그녀가 주변을 의식하지 않고 웃었다.

볼이 발개질 만큼 웃은 그녀는 자신은 스무 살이 아니지만 언제나 스무 살처럼 살려고 노력하고 있다고 말했다. 그녀의 실제 나이는 서른셋이었다. 나는 묻지 않을 수 없었다.

"서른세 살로서 스무 살처럼 산다는 것은 어떤 건가요?"

"음……."

조금 뜸을 들인 후 그녀가 답했다.

"왜, 스무 살에는 가능성이 무한하다고들 하잖아요. 실패하거나 잘못해도 언제나 새로운 일에 도전할 수 있고. 이 길을 선택했다가도 또 다른 길로 방향을 바꿀 수 있다는 여유가 느껴지기도 하고요.

저는 스물은 훌쩍 넘겼지만, 그런 마음가짐으로 살고 싶어요. 하고 싶은 일이 있다면 어떤 일이든 나이 앞에 두려워하지 않고 항상 도전하면서요."

말하는 그녀의 눈은 반짝반짝 빛이 나고 있었다. 스무 살의 눈빛이었다. 그녀는 '내가 만일 스무 살이라면, 스무 살의 마음가짐으로 산다면' 하는 생각을 하며 자신의 한계를 지워 나가고 있었다.

도전으로 가득한 그녀는 새싹으로 가득한 화분이었다. 보통의 화분에 하나의 풀만이 자라난다고 한다면, 그녀의 화분은 다를 것이다. 그녀는 그녀의 다양한 도전처럼 늘 파릇한 새싹들로 가득한 화분이었다.

나는 한 화분에 싹이 여럿 자라나는 그림을 그리기 시작했다. 그녀가 스무 살의 마음으로 하나의 도전을 할 때마다 화분 속 싹도 하나씩 늘어 간다. 그녀의 내면초상화는 여러 새싹들이 함께 어우러져 있는 화분의 그림으로 완성되었다.

하나의 싹을 틔워 기르고 있다고 새 출발할 수 없는 것이 아니다. 우리 모두는 그녀와 같이 언제나 새로 싹을 틔워낼 수 있는 건강하고 넉넉한 화분이다.

미래 ____

다 그런 거
돌고 돌고 돌아
내 갈 길 찾는 것
맴돌고 또 맴돌아
꿈꾸던 미래에 다가서는 것

미래

예쁘장한 얼굴이었지만 인상이 어딘가 밝지만은 않았다. 아니나 다를까, 그녀는 '미래'라는 단어를 주며 미래가 막막하다는 말을 했다.

그녀는 어린 시절부터 꿈이 또렷한 사람이었다. 노래를 할 때면 배도 고프지 않고 아무것도 필요 없이 행복했다. 평생 노래 하며 살겠다는 꿈을 가지고 지금껏 살아왔다. 이제 막 고등학교를 졸업하고 '앞으로 대학에 가서 꿈꾸던 음악 공부를 정식으로 할 수 있게 되었구나!' 들떠 있던 참이었다.

"그런데 그렇지 못하게 될 것 같아요. 집안 사정이 좋지 않게 되어서요."

급작스레 나빠진 집안 사정에, 대학 진학이 어려워졌다. 취직할 곳을 알아보고 있었지만 그럴수록 음악 공부를 하고 싶다는 그녀의 열정은 더욱 강해졌다. 동시에 미래는 더 막막하고 멀게만 느껴졌다.

덤덤한 말투 속에 묘하게 모아진 미간이 그녀의 마음을 전달하고 있었다. 그런 그녀의 표정에 나도 함께 속상해졌다.

그러나 한편으로 생각해 보면, 꿈을 단번에 이룰 수 있는 사람이 얼마나 될까? 아마 거의 없을 것이다. 꿈에는, 크건 작건 저마다의 장애물이 존재하는 법이다. 장애물을 마주하면서 우리는 품었던 자신의 소망이 얼마나 큰 소망인지 알게 된다.

예기치 못한 인생 속에서 꿈을 이룰 수 있는 가장 확실한 방법은 단번에 꿈에 이르는 것이 아닌, 조금씩 꿈에 가까운 방향으로 향하는 것이다. 장애물이 있더라도 포기하지 않고 가슴에 품으면서 방향에 의미를 두고 조금씩 한 발자국씩.

나는 누구나 처음부터 원하는 것을 쟁취할 수 있는 것은 아니라고, 강렬한 소망을 가지고 꿈 주변을 맴맴 돌면서 조금씩 그 반경을 좁혀 가는 것이라며 종이 앞면에 동그랗게 둘러서 있는 사람을 그렸다. 그 사람이 둘러싸고 있는 가장 가운데에는 소녀의 꿈, 음악을 뜻하는 음표를 그렸다. 아직 꿈을 이루진 못했지만 꿈 가까이에 있다. 꿈이 없는 사람도 세상엔 많은데 그녀는 이미 꿈 곁에 있다. 자신이 원하는 것이 무엇인지, 어디로 나아가야 할지 그녀는 벌써 알고 있다. 꿈을 향해 계속 맴돌다 보면 꿈에 한층 가까워질 것이다.

설명하고 그녀에게 내면초상화를 건넸다. 인사를 드리고 다른 분의 내면초상화를 그리고 있는데 어라, 다시 달려온다. 아까의 얼굴과는 달리 한층 밝아진 표정이었다.

"언니, 이거 드세요."

수줍게 웃으며 그녀가 건넨 것은 시원한 아이스티 한 잔이었다. 다시 종종 뛰어가는 그녀의 뒷모습에 내 가슴도 같이 뛰었다. 무언가를 받아서가 아니라, 다시 찾아와 나에게 인사할 만큼 기뻤구나 싶어서 곱씹을수록 참 행복했다. 밝아진 표정을 보니 그녀의 밝은 미래가 내게도 선히 보이는 듯했다.

無 ——————

내가 이루고픈

내가 채우고픈 공간은

이리도 크고 넓어서

때론 내가 너무 작게 보이지만

자세히 보면 조금씩

無

"헉!"

알 수 없는 중압감에 눈을 뜨니 벌써 오전 11시다. 조금 전에 시계를 봤을 땐 분명 8시였는데. 배가 고파 눈곱을 떼며 늦은 아침을 챙겨 먹는다. TV를 켜고 의미 없이 채널을 돌리다가 느린 걸음으로 방으로 들어온다. 컴퓨터를 켜고 인터넷에 접속해 작업실에 둘 새 의자론 어떤 것이 어울릴까 검색해 본다. 몇 가지 문자에 답장했다. 누워서 공상에 빠져든다. 아무래도 의자 색은 흰색이 좋겠다. 뒹구르르. 그러다 다시 시계를 보고는 놀라 다시 벌떡 일어난다.

"헉!"

오후 2시다. 별일 하지 않은 것 같은데 훌쩍 세 시간이 지나갔다. 더 중요한 일을 하며 알차게 시간을 보낼 수도 있었을 텐데. 시간을 허투루 보낸 것 같아 자괴감이 든다. 이 자괴감은 찬물 끼얹은 듯 소스라치게 놀라는 충격이라기보다는 식상에 가까울 정도로 익숙한 감정이기에 더 슬프다.

"그동안 도대체 뭘 한 건지 모르겠어요. 대학 생활 4년 했는데. 자기소개서를 쓰려고 보니 아무것도 한 게 없는 것 같아요. 제 자신이 아무것도 아닌 것 같은 그런 느낌이에요."

대학 졸업반 그는 내게 이렇게 털어놓았다. 그러고는 자신을 표현하는 한 단어로 '無'를 한자로 사각사각 적었다.

"그냥 제 속이 아무것도 없이 텅 빈 것 같아요. 진로를 결정하고 취업할 시기인데 무엇을 해왔는지, 해야 할지, 무엇을 하고 싶은지 다 모르겠어요."

도대체 무얼 했기에 시간은 흘러간 걸까. 시간은 흘렀는데 내게 남은 것은 아무것도 없다. 힘을 내어 앞으로 나아갈 새로운 계획을 세워 보려 하지만 갈 길은 멀어 보이기만 하고 지금껏 살아온 삶은 보잘것없이 느껴진다. 감상에서 빠져나오려 주변을 둘러보지만 나만 빼고 다 알차게 살아가고 있는 듯하다. 묘한 배신감에 더 힘들어진다. 나와 내가 보낸 시간들이 의미 없고 보잘

것없어 보이는 그러한 순간들이 있다.

하지만 생각해 보면, 그 누구도 아무것도 하지 않고 살 수는 없다. 아무것도 하지 않으려고 해도 결국 무언가를 하게 되는데, 그 무언가가 모여서 지금의 나를 만들게 된다. 그리고 현재의 무언가는 다시 모여 미래의 나에게 무언가가 되어 줄 것이다. 오늘의 빈둥댄 시간까지도 빠짐없이 모두 다.

아무것도 하지 않은 것 같은 그 시간들도 자세히 보면 빼곡 나를 채우고 있다. 그 시간들은 언젠가는 발아되기를 기다리는 씨앗과도 같다. 자세히, 다시 찬찬히 보면 지나온 깨끗한 길 위에 우리가 뿌려온 씨앗들이, 싹이 보인다.

텅 빈 시간들도 게으른 시간들도 모두 미래에 싹을 돋아내기 위해 흙을 헤쳐 오르는 씨앗들이다. 나는 그가 채워 가야 할 커다란 공간에 이미 조금씩 싹이 자라나고 있는 그림을 그렸다. 지금은 지나온 시간들이 텅 비고 부족해 보이지만, 자세히 보면 그의 미래를 무성히 채울 씨앗들이 싹을 돋아내고 있다.

달팽이 _____

달팽이는 귀가 없다,

허나 뛰어난 촉각을 가지고 살아간다,

나는 필시 완전한 동그라미는 아닐 게다,

허나 떨어져 나간 나의 조각들이

나의 뿔이 되어, 개성이 되어,

나를 살아가게 한다,

달팽이

"달팽이는 귀가 없대요."

처음 듣는 사실이었다.

"그 대신 촉각이라든지, 다른 감각이 엄청나게 발달했다고 하더라고요. 그래서 다른 감각들에 의지해서 살아갈 수 있는 거래요."

나는 눈을 동그랗게 하고 그녀의 이야기에 빠져들었다. 그녀가 내게 건넨 단어는 '달팽이'였다.

"귀가 없으면 어떨지 상상이 되질 않는데, 모든 달팽이가 귀 없이도 잘 살아가고 있다는 걸 알고 나서 삶에 대한 관점이 많이 바뀌었어요."

달팽이에게는 귀가 없다. 옆에서 손뼉을 쳐도 소리를 듣지 못한다. 하지만 촉각이 무척 발달해 있고, 예민한 더듬이로 먹이의 맛이나 냄새도 금방 알 수 있다. 배에서 나오는 끈적끈적한 점액은 달팽이를 칼날 위도 다치지 않고 기어갈 수 있게 한다.

"저도 여러 가지 면에서 부족한 사람이지만, 달팽이처럼 그로 인해 다른 부분이 발달하지 않았을까 생각해요."

그녀가 말했다.

부족한 점이 있으면 그로 인해 다른 면이 발달한다. 달팽이는 귀가 없기 때문에 다른 면이 발달하였다. 그렇듯 모든 면에 뛰어난 사람도, 모든 면에 형편없는 사람도 없다. 어느 한쪽에서 부족하기도 하고 어느 한쪽에서는 좀 더 갖추고 있기도 하다. 똑같지 않은 그 삐죽빼죽함이 달팽이가 살아가는 방법이고, 또한 우리가 살아갈 수 있는 비결이다.

나는 달팽이를 닮은 그녀를, 사람들을 생각하며 내면초상화를 그려 갔다. 왼쪽의 동그라미는 동글동글 온전해 보인다. 그 옆은 동그라미에서 한 부분이 떨어져 나가 있는 모양이다. 떨어져 나간 부분 때문에 온전한 동그라미의 형태는 아니다. 하지만 그 떨어져 나간 부분은 동그라미였던 부분의 위에 올라가 뿔처럼 붙어 있다. 세 번째의 가장 오른쪽에 있는 모양은 그렇게 두 부분이 동그라미에서 떨어져 나가, 위에 더 높은 뿔처럼 붙었다.

온전함의 형태는 여러 가지다. 우리는 모두 다른 모습으로 온전하다. 부족한 그 부분만큼 다른 부분에서 빼어난, 그래서 하나밖에 없는 그녀는 지금 그대로 온전하다.

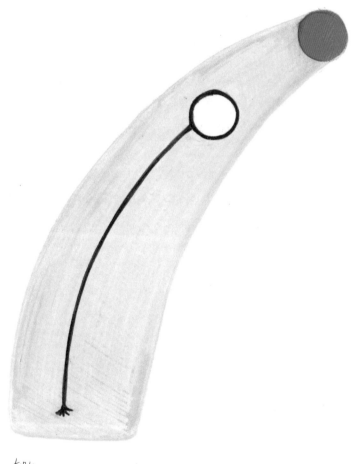

희망

단 한 줄기 빛만으로도
나는 다시 따뜻해지고

희망

나의 작업실에는 미니 장미 화분이 하나 있다. 발갛고 작은 그 화분을 나는 아낀다. 돌보면서 새삼 알게 된 사실이지만 장미는 참말이지 빛을 좋아한다. 작업실에는 제법 고르게 햇빛이 비추는 편인데, 어떠한 방향으로 화분을 두더라도 그 다음날이면 햇빛이 조금이라도 더 비치는 방향으로 잎이 향해 있는 것을 볼 수 있다. 화분을 돌려놓아도, 또 돌려놓아도 마찬가지다. 빛을 따라 종종종. 날씨가 우중충하여 햇빛이 별로 없는 날에도 마찬가지다. 아무리 희미한 빛이라 할지라도 장미는 금세 알아내고 그 방향으로 몸을 향해 있다.

누군가 뒤쪽에서 내가 내면초상화 그리는 것을 구경하고 있

는 것이 곁눈으로 보였다. 누구든 편하게 구경할 수 있도록 내색
은 않기로 했다. 한참을 그렇게 지켜보며 서 있던 그는 이윽고
결심한 듯 내게 말을 걸어 왔다. 서글서글한 눈매에 인상 좋은
아저씨였다.

"실은 저기 방금 자격증 시험을 치고 오는 길이에요. 회사 다
니면서 준비했었거든요. 두 가지 일을 병행하느라 힘들기도 많
이 힘들었는데, 저, 시험 결과는 그리 좋진 않을 것 같네요. 아무
래도 좀 속상하긴 했었는데."

그는 잠시 쓸쓸한 표정을 지었다가 다시 허허 웃었다. 그가
적어 건넨 단어는 '희망'이었다.

"그런데 그냥 걷다 보니 다시 기분이 좋아지네요. 공기도 좋
고. 사람들이 열심히 움직이고 있는 모습을 보다 보니 힘도 생기
고. 희망이 조금씩 생겨나는 것 같아요."

아저씨는 내게 보여 주듯 고개를 뒤로 돌려 사람들을 둘러보
며 말했다.


사람들의 모습을 보며 바로 활기를 되찾고 희망을 보는 아저
씨는 나의 작업실 장미와 참 닮았다. 사람들, 좋은 날씨, 활기찬
분위기는 그에게 볕인 셈이다. 작은 것에서 힘을 얻는 그에게는

빛을 따라가는 미니 장미와도 같은 본능이 내재되어 있나 보다. 밝은 것을 보면 자연스레 향하고 싶은 본능 말이다.

힘들 때에 그럼에도 불구하고 나아가게 하는 힘, 이처럼 따사로운 볕, 그것을 우리는 희망이라고 부른다. 아저씨는 자신만의 빛, 희망을 따라가고 있었다. 마치 식물이 햇빛을 향하듯 그는 본능적으로 자신에게 긍정적인 힘을 주는 것들을 향했다. 속상해서 축 쳐졌다가도 볕을 쪼이고 금세 힘을 얻어 가고 있었다.

풀처럼 휘어져 빛을 향하는 그를 그렸다. 작은 빛이 그림 안을 비추고 있고 그 빛 밖의 공간은 모두 차가운 공간이다. 하지만 그는 작은 빛 속에 어떻게든 몸을 실어 따라가고 있었다. 그 안에서 그는 따뜻하게 자라난다.

"힘을 얻었으니 다시 공부 열심히 해야겠네요. 재도전해 보려고요. 감사합니다. 또 뵙겠습니다."

그가 다시 서글서글한 눈으로 웃었다.

## 해바라기

태양의 노랑을 받아

자신만의 노랑으로 표현하는 해바라기처럼

나도 세상의 빛을 받아

나만의 빛을 창조해 내는

그런 삶을 살고저,

해바라기

"내면초상화가 뭔가요?"

부드러운 목소리가 들려왔다. 고개를 들어 보니 똑 닮은 아가씨가 둘 서 있었다.

"자신을 제일 잘 표현하는 단어 하나를 주시면, 함께 이야기 나눈 다음 제가 그것을 그림과 글로 표현해 드리고 있어요."

나는 이전에 그렸던 내면초상화들을 좌르륵 펼쳐보였다.

"언니 해봐봐."

우아한 분위기를 자아내는 두 아가씨는 자매였다. 둘이 똑 닮아 신기해하니 닮았다는 소리 많이 듣는다며 재밌어했다. 둘 중 언니인 경혜 씨가 준 단어는 '해바라기'였다.

"왜 해바라기라는 단어를 주셨는지 여쭤봐도 될까요?"

"해바라기는 햇볕이 뜨거울 텐데, 피하지 않고 견뎌 내면서 아름다운 꽃을 피워 내잖아요. 그 모습이 지금의 저와 닮은 것 같아요."

그녀는 말했다.

"해바라기가 햇볕을 견뎌 낸다는 것이 어떤 느낌인지 알 것 같아서요. 지금의 제가 그렇거든요. 저는 신소재로 옷을 만드는 연구를 하고 있어요. 그런데 아무래도 한번에 짠, 하고 만들 수 있는 것이 아니다 보니 연구 기간도 길고, 힘들고 지칠 때가 많아요."

"신소재 옷이라니 어떤 건가요?"

나는 이야기를 더 잘 듣기 위해 몸을 앞으로 기울였다.

"전자 옷인데 입으면 통화도 할 수 있고 여러 가지 기능이 있는 옷이에요. 힘들 때도 많지만 나중에 보람이 있을 것을 아니까 다시 힘을 내게 돼요. '해내고 말 거야!' 이렇게 속으로 외치면서 다시 집중하는 거죠. 나는 지금 해바라기처럼 꽃을 피워 내고 있는 거라는 생각을 하면서요."

이야기를 하며, 그녀의 차분하던 목소리는 어느새 고조되고 있었다. 자신의 일에 대한 진지함이 느껴졌다.

태양의 빛을 견디고 품어 낸 해바라기는 태양이 아닌, 자신만의 꽃을 틔운다. 경혜 씨도 긴 긴 노력을 통해 세상에 없는 자신만의 것을 만들어 내기 위해 노력하고 있었다.

이미 존재하는 것들이 그녀에게 영감을 주고, 그렇게 나온 새로운 아이디어는 그녀라는 사람을 통해 다른 결과물이 되어 세상에 나온다.

우리 하는 모든 일이 그렇다. 혼자 짠, 하고 해내기보다는, 주변에서 힘을 받고 빛을 받아 나의 힘을 합하여 해내는 것이다. 해바라기가 태양의 빛을 받아 자신만의 꽃을 틔워내듯 말이다.

태양을 닮은 해바라기의 노랑이 태양의 색과 닮았으면서도 다르듯이, 지금 이 순간 그녀도 세상의 빛을 받아 자신만의 색을 담은 창조를 하고 있었다. 그만의 아름다운 꽃을 만들어 가고 있었다.

나는 태양을 안에 품은, 큰 해바라기를 그려 주었다. 태양의 빛을 받아 태양보다 커지는 그녀를 상상했다.

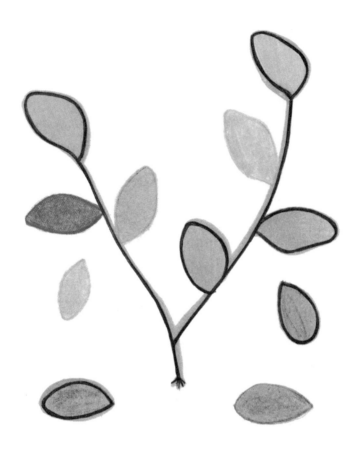

청춘

수없이 많은 잎이 피고진대도,
새로이 나는 잎은 항상 청춘입니다.

청춘

푸른 나무들이 보였다.

그중에서도 가운데 가장 잘 보이는 나무는 제법 연륜이 느껴졌다. '나 이렇게 살아왔소' 하는 듯 기둥이 묵직하고 두둑하다. 그런 나무들이 으레 그렇듯 고개를 젖혀야 보일 만큼 키도 컸다. 나는 고개를 젖히고 가지를 따라 시선을 따라가 보았다.

굵고 우락부락한 가지는 끝으로 가면서 가늘어지고 있었다. 그리고 눈을 계속 따라가면 면에서 선으로 변하는 가지의 끝은, 잎이다. 나무를 푸르게 보이게 하는 푸른색의 정체인 연둣빛 여리여리한 새잎이 나고 있었다. 딱딱하고 두꺼운 나무의 두께, 껍질과는 대비되는 연약한 빛깔의 얇은 이파리들이었다. 그 이파리 뒤로 햇살이 금빛으로 반짝이고 있었다.

중년의 그 아저씨가 내게 "흔히 청춘이라고 하는 나이는 오래 전에 넘겼지만, 항상 청춘으로 살고 싶거든요. 그래서…" 하며 '자신을 표현하는 한 단어'로 '청춘'을 주었을 때 나는 물끄러미 그의 등 뒤로 푸른 나무들을 보고 있었다.

연륜 있어 보이던 그 나무는 나보다 한참 나이를 먹었을 터였지만 새 이파리들로 뒤덮여 있기에 싱그러웠다. 나무의 기둥은 나날이 색이 짙어지고 딱딱함을 더해 갈 따름이지만, 빛나는 잎으로 가득했던 그 순간의 나무는 그저 푸르르기만 하다.

나는 '저것이 젊음이구나', '저것이 청춘이구나' 하는 생각을 했다.

나무는 나이를 먹어 가며 수없이 많은 잎을 내고 지우고 다시 내고 지운다. 그 과정 속에서 지는 잎은 갈색으로 말라 땅에 떨어진다. 잿빛 잎이 마르고 수척해진 나무 밑을 수북이 메울 때면 그 나무의 생명은 다한 것 같아 보이기도 한다.

그렇지만 연둣빛 새잎이 뒤덮을 때의 나무는 다르다. 새롭다. 나무가 온 힘을 다해 연둣빛 새잎을 내는 그 순간만큼은 나이와 상관없이 청춘이다. 저보다 어린 나무보다 싱그러운, 청춘보다 청춘다운 청춘이다. 나무는 나이가 들어도 그렇게 매해 청춘을 맞이한다.

　우리도 나무처럼 흘러가는 세월 속에서 나이를 먹으며 수많은 낙엽을 낸다. 하지만 나무가 매해 새잎을 내듯 청춘의 마음을 품으며 살아간다면 누구나 청춘이다. 그 사실을 아는 사람들에게는 나이와 상관 없이 인생이 항상 청춘이다.

　나는 새잎을 돋아내는 아저씨를 그렸다. 그림에서 연둣빛 잎들이 청춘이며, 아래 떨어진 것은 낙엽이다.

　나도 새로운 사람들을 만나고 그들의 내면초상화를 그리며, 낙엽을 떨구고 이 순간의 청춘을 맞이하고 있었다. 자각하는 순간순간 가슴이 새로운 박동으로 뛰기 시작했다.

피폰에 흔들리는
마음들

----------------

내면초상화 작업을 할 때 가장 중요한 것
은 내 자신이 즐거워야 한다는 점이다. 내
면초상화는 직접 사람을 마주하는 작업이
기 때문에 '나'라는 사람의 영향을 많이 받
기 마련이다. 내 마음이 즐거워야 그만큼
사람들을 즐겁게 맞을 수 있다. 상대방의
입장에서 이야기를 들을 수 있을 만큼 내
마음에 여유가 있어야 사람들의 행복에 도
움이 될 긍정적인 내면초상화들을 만들 수
있다.

그런 이유에서 내면초상화를 그리기 시작한 초반에는 나 자신을 즐겁게 하는 것을 가장 중요하게 생각했다.

먼저 내면초상화를 그리러 나가는 날이면 평소 교통비를 아끼느라 잘 타지 않는 택시를 탔다. 체력이 약한 나에게 큰 힘이 돼 주었을뿐더러 그날 하루는 귀빈이 된 기분이 들게 했다. 다음으로는 내면초상화를 그린 주에는 하루의 휴가를 추가로 주었다. 수고했다는 뜻에서 책을 읽거나 전시를 보러 가는 등 좋아하는 활동으로 나 자신을 충전시켰다. 또한 미리 내면초상화를 그리러 나가기로 했던 날일지라도 갑작스레 마음이 즐겁지 않아졌다면, 과감히 일정을 취소하고 나가지 않았다. 나를 최우선 위로 두고 대했던 거다.

그러던 언젠가부터 변화가 생겼다. 점차로 나는 나의 즐거움보다 의무감을 앞세우게 되었다. 내면초상화를 지속적으로 그리기 시작하면서부터 나를 매주 찾아오는 단골 분들이 생겨났기 때문이었다. 내면초상화 소개 인터뷰를 읽고 다른 도시, 멀리는 다른 나라에서 나를 찾아주는 분들도 생겨났다. 신이 나는 동시에 '빠지지 말고 매주 내면초상화를 그리러 나가야겠다'는 책임감이 자연스레 생겨났다. 찾아주는 분들을 실망시켜선 안 된다고 생각했다. 마음이 즐거운 때에만 내면초상화를 그린다는 기존의 원칙을 뒤로하고 나를 기다려 주실 분들을 생각하며 매주 내면초상화를 그리러 가기 시작했다.

몸이나 마음이 힘든 날에도 더 많은 사람들을 만나고 더 많은 내면초상화를 그려야겠다는 욕심을 부렸다. 낮 12시부터 저녁 7시까지 식사도 하지 않은 채 한 자리에 앉아 계속 그리는 날이 많았다. 매번 택시를 타는 것이 아깝다고 느껴져서 철제 간이 테이블과 그림재료와 책으로 가득한 보따리를 양손에 낑낑 들고 버스를 탔다.

나도 모르는 새에 나는 지쳐 갔다. 처음처럼 만나는 한 사람 한 사람이 소통의 기쁨으로 보이는 것이 아니라 빨리 그림을 그려 주어야 하는 대상으로 보이게 되었다. 그런 마음으로 내면초상화 또한 잘 그려질 리 없었다. 머리가 멍해졌다.

나의 마음을 가만 들여다보았다.

'많은 사람들을 자주 만나서 내면초상화를 그리는 것도 중요하지만, 적게 그리더라도 즐겁게 소통을 하는 것이 더 중요하지

않을까? 나를 돌볼 줄 아는 사람이 다른 사람도 돌볼 수 있는 법인데….'

이것을 깨달은 순간 나는 다시 처음처럼 나 자신을 최우선으로 두기로 했다.

먼저 매주 그리던 내면초상화를 한 주 푹 쉬었다. 그리고 그 다음 주 내면초상화를 그리러 가는 길에는 처음처럼 다시 택시를 잡아탔다. 편안하게 뒷좌석 등받이에 몸을 기대고 출발하는데 세상이 달리 보이기 시작했다. 바야흐로 다가온 봄, 향기 너머로 흩뿌려진 하양 노랑꽃이 보였다. 가슴이 두근두근 설레었다. 마음의 여유가 없을 때는 보이지 않았던 것들이다.

나 자신을 우선으로 하고 돌봄으로써 나는 다시 즐거운 마음으로 사람들과 즐겁게 소통하고, 내면초상화를 그릴 수 있었다.

그 후로 나는 내면초상화 작업을 할 때면 나 자신을 일순위로 두는 것을 절대 잊지 않는다. 바뀌지 않을 원칙이다. 조금이라도 몸이나 마음이 힘든 날이면 예정했던 시간보다 늦게 출발한다든지, 도착해서도 가슴을 진정시키며 테이블을 급하지 않게 천천히 디스플레이를 한다든지, 사람들과 사진을 찍지 않는다든지, 그래도 부담된다면 과감하게 하루 쉰다든지 타협할 수 있는 여러 가지 방법을 자신에게 제안해 보곤 한다. 그렇게 나의 즐거움을 우선으로 하니 처음처럼 마음이 즐겁다.

마음이 파도처럼 일렁일 때가 있다. 그리고 그 파도가 떨어지는 폭이 내가 감당할 수 없을 정도로 커질 때가 있다. 사람이 항상 즐겁고 기쁘기만 할 수는 없다. 기복이 있는 것은 어쩌면 당연하다.

그럴 때 자신이 힘들다는 사실을 자각해야만 그 상태에서 벗어날 수 있다. 그 후에는 자신이 우울하다는 것을 인정할 수 있어야 한다. 그래야 해결책도 스스로 만들어 낼 수 있는데, 그러기 위해서는 평소에 자신의 마음을 자주 들여다보는 것이 중요하다. '나는 지금 즐겁구나', '나는 지금 울적하구나', '나는 이럴 때 행복하구나', '나는 이럴 때 몸과 마음이 가라앉는구나'….

내면초상화를 그리는 사람들이 치유받는다는 느낌이 든다고 하는 것도 내면초상화가 자신을 들여다보게 하기 때문이다. 내면초상화를 그리는 나 또한 나 자신을 자주 들여다보고 살펴야 할 것이다.

이 장에서는 불안하고 우울할 때 그 마음을 '자신을 표현하는 단어'로 내어놓은 사람들, 그로 인해 자신을 한층 더 가까이서 바라볼 수 있었던 사람들의 내면초상화를 소개하려 한다.

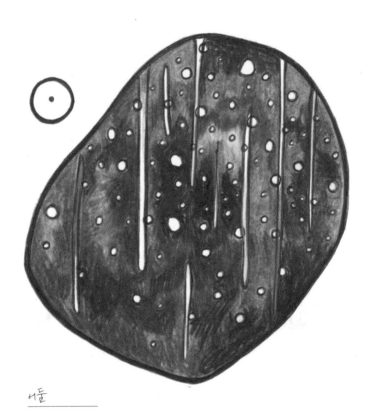

어둠 _____

가장 아름다운 빛을 발견하려면
어둡게 모든 빛을 제거해야,
칠흑 속 빛나는 나의 빛

어둠

그는 한국 전통 장신구를 만드는 공예작가였다. 빨강, 초록, 노랑의 선명한 원색. 그의 손을 거쳐 탄생한 알록달록한 장신구들은 눈이 부셔 가만 보고 있자면 아찔해지곤 한다.

나의 친구이기도 한, 내가 아는 그는 자신이 만드는 장신구처럼 성격이 밝다. 누구든 쉽게 친해질 수 있도록 편안한 분위기를 만드는 재주가 있다. 예술 시장에서 그가 귀걸이, 목걸이, 비녀 들을 늘어놓고 설명할 때면 테이블 앞에 사람들이 북적북적하다. 그와 사람들과 햇빛과 장신구들이 어우러져 빛난다. 나는 그런 그를 보며 늘 '밝음'을 떠올렸다.

그래서 그의 자신을 표현하는 한 단어를 보고 나는 의아해지지 않을 수 없었다. 그 단어는 '어둠'이었다.

"요즘 이유 없이 우울하고, 축축 쳐져요. 그러다 보니 작업도 잘되지 않고요. 마음이 그저 어둡기만 해요. 먹먹하네요. 슬럼프에 빠졌나 봐요."

그는 푸우, 한숨과 함께 말을 털어놓았다.

아무것도 할 수 없을 것 같이 정신이 아득해질 때가 있다. 마음이 밤하늘보다 어두워질 때가 있다. 하지만 아이러니하게도 많은 창작자들이 공감하는 것은 가장 힘들고 감정이 바닥을 치는 순간, 가장 좋은 작품이 나오곤 한다는 것이다. 도무지 감정을 주체할 수 없는 순간, 그 상황을 벗어나기 위해 발버둥 치게 되고 그러다 보면 주체되지 못한 감정이 강하게 작품으로 표현되나 보다.

별의 아름다운 빛은 태양이 빛나는 낮에는 볼 수 없다. 하지만 캄캄한 밤이 되면, 그 빛은 하나 둘 자신을 드러내고, 그 때에 우리도 비로소 별을 알아보게 된다. 우리들 마음이 그 같다. 기분이 맑을 때, 즉 태양이 빛나는 낮과 같은 상태일 때는 자신의 반짝이는 면을 볼 수 없지만 도리어 어두울 때, 진짜 자신을 마주하며 나의 가장 아름다운 면을 발견하게 된다.

지금의 그가 '어둠'이라면, 이 순간이 바로 그의 반짝반짝한 별과도 같은 부분을 끄집어낼 수 있는 기회일 것이다.

　나는 그의 몸을 커다란 원으로 그렸다. 몸 안을 지금의 상태와 닮은 캄캄한 어둠의 색으로 채워 넣었다. 그 위 조용히 빛나는 별들을 두었다. 어두운 배경색과 대비되어 별들은 환히 빛나고 있었다. 우울하고 어두운 이 순간, 작품으로 승화될 그의 가장 빛나는 모습을 정성을 담아 그렸다.

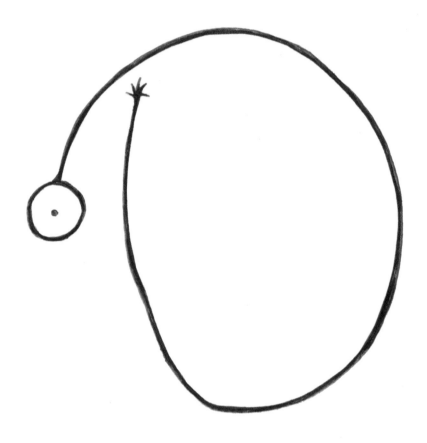

공허

언젠가부터 내 안에 자리한 공허함
결국 자라나면서 나만이 채울 수 있음을
조금씩 채워져 가는 나,

공허

그는 계속되는 공허함에 빠져 있었다.

"단어가 '공허'라니. 요즘 특별한 고민이 있으신 건가요?"

"아니요, 특별히 고민이 있다거나 딱히 요즘만 그런 건 아니고… 가끔… 아니 어릴 적부터 항상 그래 왔던 것 같아요."

회사에서 바쁘게 일하고 나서 정신을 차리고 나면 이게 다 무슨 의미인가 싶고, 친구들과 즐겁게 놀다가도 헤어지고 나면 허무하고, 가장 좋아하는 TV 프로그램 「무한도전」을 볼 때면 다 잊고 깔깔 웃지만 그것도 그때뿐, 프로그램이 끝나고 나면 더없이 마음이 허했다. 사람들을 만나 하소연도 해보지만 더 공허해지기 일쑤였다.

"공허한데…. 왜 그런지는 저도 잘 모르겠네요…."

그의 말은 희미하게 끊겼다.

그가 왜 공허한지 그 공허함의 본질을 온전히 이해하는 것은 지금으로서는 불가능할 것이다. 얕은 대화로 내가 짚어내는 것 또한 불가하다. 그것은 그만이 알 수 있다. 자신을 들여다보면서, 성장해 가면서 말이다.

고민을 말로 표현하고 타인에게 전달하는 것은 불가능한 일이다. 만약 말로 정확히 자신의 고민이 어떤 것인지 명확하게 표현할 수 있다면, 그것은 고민이 무엇인지 알고 있다는 것이다. 문제의 본질을 정확히 알고 있다면 그 해결책도 자연히 따라올 것이기 때문에 고민은 더 이상 고민으로 남아 있지 않게 된다. 따라서 고민이 있다는 것은 고민을 말로 표현할 수 없는 상태일 텐데, 그 고민을 곱씹고 구체화해 가며 해결할 수 있는 이는 자기 자신뿐일 것이다.

지금은 그의 안에 텅 빈 공간들이 있지만, 그가 자라나면 이 공간이 빽빽해질 것이다. 자라나며 그가 스스로 해결할 것이다. 그림 속 그를 색연필로 채워 가며, 그림을 받고 많이 채워진 느낌이 드셨으면 좋겠다고 생각했다.

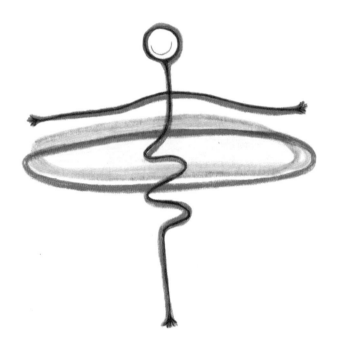

### 외로움, 흔들림

삶은 어쩌면 엄청 큰 훌라후프 돌리기 같은 것,
혼자해야 정상,
흔들려야 정상

## 떨림, 흔들림

이제 막 스무 살이 된 그녀는 대학 입학시험에서 결과가 좋지 않아 다시 공부를 하고 있다 했다. 그녀는 자신을 재수생이라고 소개했다.

"머리가 복잡해 한 단어로는 저를 표현하지 못하겠어요. 여러 단어를 적어도 되나요?"

원칙은 '자신을 표현하는 한 단어'를 적는 것이었지만, 단어를 통해 자신을 표현하는 것이 핵심이기 때문에 괜찮다고 생각했다. 긴장한 듯 움츠린 그녀에게 나는 그저 편하게 적어 달라고 말했다.

"단어 여러 개가 합해져 지금을 표현한다면 괜찮아요."

그녀가 건넨 단어는 '외로움, 흔들림' ── 두 단어였다.

대학 입시 좌절은 그녀가 살면서 처음으로 겪은 가장 큰 실패였다. 외롭고 흔들리고 있다며 멋쩍게 웃어 보이는 그. 지금 상황을 홀로 이겨내야 했기에 외로웠고, 남들보다 뒤쳐진 느낌에 잘해낼 수 있을까 불안해 온몸이 흔들거리고 있었다.

외롭고 흔들린다는 것은 어떤 느낌일까. 눈을 꿈벅 감으니 어렸을 적 빨강, 파랑, 하양 섞인 작은 훌라후프를 돌리던 기억이 난다. 뜀박질도 술래잡기도 모두 친구들과 함께 했지만 훌라후프를 돌릴 때는 달랐다. 나 혼자의 힘으로 훌라후프를 돌려야만 했다. 또 훌라후프는 땅에 두고 하는 운동이 아닌 균형을 순간순간 맞추어 가며 훌라후프를 공중에 띄우는 것이기에 공중에 뜬 훌라후프와 나는 불안할 수밖에 없었다. 훌라후프, 그것이 외로움과 흔들림에 대한 나의 기억이었다.

그렇지만 동시에 훌라후프를 계속해서 돌려나간 힘은, 나의 외로움과 흔들림이었다. 홀로 흔들지 않는다면 훌라후프는 동력을 잃고 바닥으로 떨어지게 된다.

훌라후프가 그렇듯 자신의 삶을 지탱하는 것은 자기 자신뿐이다. 그렇기에 자각하는 순간순간의 삶은 외롭고 예기치 못한 상황 속 계속 균형을 맞추어 가며 살아가야 하기에 불안하다. 그래 외롭고 흔들리는 것은 당연한 걸 게다.

그렇지만 인생을 지탱해 가는 힘은 그 속에 있다. 인생의 훌라후프를 당연하게 돌리고 있는 그녀의 모습을 그렸다.

피에로

슬플 때는 슬픈 대로,
기쁠 때는 기쁜 대로,
마음대로 표정지어도 좋아요,
지금까지 지어 온 미소들이
당신 대신 웃음 지어 줄 거예요.

## 피에로

많은 말을 건네지 않았다. 대신 가지고 있는 색연필 빛깔 중 가장 밝은 빛의 노랑색으로 피에로의 얼굴을 칠했다.

모자 양쪽에 달린 하얗게 흔들리는 털공과 함께 그녀가 싱긋하고 웃었다. 그러면서 내놓은 '자신을 표현하는 한 단어'는 '피에로'였다.

"저는 피에로 같아요."

그녀의 직업은 비서였다. 슬플 때나 기쁠 때나 직업 탓에 언제나 웃으며 지내야 한다고 했다. 슬플 때 슬픈 표정을 지으면 다른 사람들에게 좋은 인상을 줄 수 없기 때문이다. 그렇게 말하면서 그녀는 슬프게 싱긋 웃었다.

하지만 그리 말하는 모습에서 그녀가 지금까지 최선을 다해 왔다는 것을 짐작할 수 있었다. 슬플 때도 지금처럼 이렇게 웃어 왔다는 말이니까.

그런 그녀가 이리 힘들다고 한다면. 그녀가 가끔 슬플 때 슬 픈 표정을 짓는다고 해도 지금까지 잘해 왔기에, 늘 웃으며 성실 한 모습을 보여 왔기에 나쁘게 생각할 사람은 없을 것이다. 지금 까지 그녀의 모습들과 지어 온 웃음들로 사람들은 그녀가 어떤 사람인지 알 수 있을 테니 말이다.

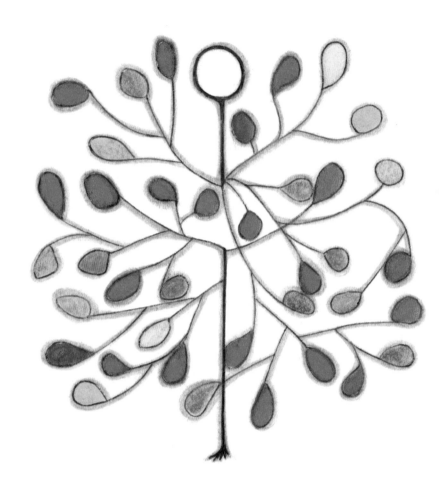

상심

마음이 두 동강 났다 생각한 그 순간
플라나리아마냥 나는 두 배로 자라났다,
두 배로 아름답게,

상심

지갑을 사려는데 빨강, 파랑, 노랑, 초록, 보라, 갈색이 있었다. 갈색은 싫어하니 후딱 제끼고 빨강이 형광기가 선명하니 예쁘기에 사려는데 갑자기 그 사람이 좋아하는 색이란 것이 생각났다. 파랑을 사려 손을 뻗으니 왠지 빨강과 파랑은 커플 같아 싫어졌다. 나 빨간색 좋아하는데, 파란색도 되게 좋아하는데. 그만 좋아하지도 않는 초록색을 집어들고 나왔다.

후두둑 내리던 비가 조금씩 개어 갈 때였다. 비를 맞고 왔는지, 머리가 흠뻑 젖은 상태로 한 아가씨가 나타났다. 눈물 같은 빗방울이 그녀의 눈가에 맺혀 반짝이고 있었다.

그녀가 내게 준 단어는 '상심'이었다. 얼마 전 그녀는 사랑하던 사람과 헤어졌다. 많이 사랑했지만, 남자는 상처만을 남기고 여자를 떠났다. 두 동강 난 것처럼 아프고 바스러지는 그런 느낌이 든다는 그녀의 표현이 가슴 아리게 다가왔다.

마음이 두 동강 났다는 그녀의 말을 들으며 나는 플라나리아가 떠올랐다. 플라나리아는 재생력이 강해 몸이 잘려도 다시 완전한 개체로 성장할 수 있다. 게다가 한 마리가 두 동강이 나면 두 마리의 플라나리아로 자라난다.

이별은 힘들다. 더군다나 사랑하는 사람과의 이별은 더더욱 아프다. 하지만 상처는 시간이 흐르면 아문다. 그리고 아픔을 넘어섰을 때, 우리는 이전에는 몰랐던 것을 깨닫게 되고 이전의 나와 아픔을 통해 성장한 나를 합한 두 배만큼 더 크게 자라나게 된다.

상처가 나서 두 동강 난 그녀를 그렸다. 그리고 그 다친 자리에서부터 풀이 자라나는 그림을 그렸다. 그녀도 지금 두 동강 난 것처럼 힘들지만 상처 난 그 자리가 아물고 나면 두 배로 아름답게 성장할 것이다. 상처로 인해 더 풍성하게 자라날 것이다.

다시 보니 초록색 지갑이 참 예쁘다.

불안
_____

물이 경사면을 따라 흐르듯,
나도 기울 때야 비로소 힘차게 나아간다,

불안

마음이 파도처럼 일렁일 때가 있다. 그리고 그 파도가 떨어지는 폭이 내가 감당할 수 없을 정도로 커질 때가 있다.

"자신의 내면초상화를 그리기도 하나요?"

"물론이죠."

실제로 나는 나의 내면초상화를 가끔 그리곤 한다. 대개는 내면초상화 손님이 자리를 떠나고 그 다음 손님이 오기 전 사이 시간이 비었을 때이다. 심심한 나의 마음속엔 지금 뭐가 들었나, 빼꼼 들여다보는 것이다.

여느 때와 같이 내면초상화를 그리던 날이었다. 나는 경마공원에서 열린 예술시장에 참가하게 되었다. 처음으로 시도해 보는 장소라 들뜬 마음으로 재료와 전시 용품을 준비했다. 그런데 도착해 테이블을 꾸미고 준비를 마치고 보니 막상, 사람들은 경마구경에 정신이 없어 예술시장 쪽은 구경도 하지 않는 것이었다. 예술시장은 경마공원 안에서도 경마장과 조금 떨어진 곳에서 열렸다.

마냥 즐거워할 수 없는 그 한산한 분위기에 나는 그만 의기소침해졌다. 나와 같이 참가한 다른 작가들도 마찬가지였다. 나는 그저 나의 작은 테이블에 앉아 버릇처럼 들고 있던 색연필을 종이에 끼적대며 시간을 때웠다. 한참을 그러고 있었지만 여전히 손님은 오지 않았다. 손님이 없는 것이 내 탓 같았고 이어 쓸모없는 사람이 된 기분이 들었다. 그 틈을 타 나쁜 생각들이 연달아 나를 침범해 왔다.

'불안'이었다. 그 순간의 나를 표현할 수 있는 한 단어는. 그간 내면초상화를 하며 느꼈던 즐거움은 싹 잊혀 있었다. 불안감만이 남아 나를 괴롭혔다.


'내가 무얼 하고 있는지 사람들은 아무도 관심이 없나 봐.'
'즐거워서 한다고는 하지만 내면초상화를 계속 그리는 것이 과연 의미가 있을까?'

'이것이 정말 사람들에게 필요한 일일까?'
'나에게는 필요한 일일까?
'다 쓸데없는 일이 아닐까?'
'나 좀 봐. 참 바보 같아.'

껌껌한 생각들이 꼬리에 꼬리를 물고 나를 짓눌러 왔다. 그러다가 가장 밑바닥인 '내가 사는 의미가 무엇인가?' 질문에 이르렀을 때 나는 흠칫 정신이 들어 생각의 꼬리를 잘라내야 했다.

불안해하는 나 자신에게 내면초상화를 그려 주기로 했다. 먼저 남에게 해주듯, 나와 대화를 나누어 보기로 했다. 마음을 최대한 편안한 상태로 만든 후, 나를 둘로 분리한다고 상상했다. 내가 둘이 되어 첫 번째 나는 내면초상화 작가가, 두 번째 나는 손님이 되었다. 첫 번째의 내가 내면초상화가로서 차분히 내게 물었다.

"선영, 지금의 너를 표현하는 한 단어는 무어니? 긴장하지 않아도 돼. 꾸밈없이 솔직하게 얘기한다면."

"인정하기 싫지만 '불안'이 아닐까. 나 지금 너무 불안해. 기우뚱 기우뚱 쓰러질 것 같은 기분이야."

설명을 듣고 내면초상화가는 나의 상황이라고 생각되는 그림을 그렸다. 자연스레 손 가는 대로 그림을 그렸다. 그러자 기우뚱하게 팔이 기운 불안한 나의 모습이 그려졌다. 그러고 나니 나의 두 팔이 기운 경사면은 가팔라 그 위에 무언가 흘러내려야 어울릴 것 같았다.

'물이라도?'

그러다가 물은 기운 경사면 위에서만 흐를 수 있다는 사실이 떠올랐다.

물은 평온한 상태에서는 흐르지 않는다. 기울어진 경사면이 있을 때, 비로소 물이 위에서 아래로 흐르고, 흐름이 생긴다. 움직임이 생기고, 에너지가 생긴다. 불안은 그런 역할을 한다. 사람은 평온할 때 현 상태를 유지하지만, 불안하면 요동치며 움직이게 된다.

돌이켜 보면 내가 새로운 시도를 했던 것은 늘 불안했던 시기였다. 불안해서 벗어나려 발버둥 쳤고, 불안해서 뭐라도 하려고 도전했다. 불안이 흘러 변화가 찾아왔다.

사람 없는 경마공원에서의 나도 불안했지만, 나 자신에게 내면초상화를 그려 주며 나는 또 다른 나를 발견하고 있었다. 불안하기에 불안을 극복하기 위해 이리저리 시도를 하고 있었다.

　깨달으며 나는 나 스스로를 토닥여 주었다. 일렁이던 마음이 점차로 차분해지고 평온해지는 것을 느꼈다.

## 길을 잃은 마음들

시간이 쏜살보다 빠르게 흘러 어느새 사람
들을 만나고 그린 내면초상화가 천 장 넘
게 쌓였을 때쯤, 나는 다른 나라에서 내면
초상화를 그려 볼 때가 되었다고 생각했다.

나와 내면초상화를 조금 거리를 두고
보고 싶었다. 익숙한 환경이 아닌 곳에서
새로운 눈으로 바라보면 내가 앞으로 나아
갈 길이 어디인지 방향을 잘 잡을 수 있을
것 같았다.

미국, 그 중에서도 친구들이 살고 있는

샌프란시스코, 뉴욕, LA에 가서 내면초상화를 그리기로 했다. 일단 마음을 먹으니 일이 일사천리로 진행되었다. 친구들의 도움을 받으며 열심히 이곳저곳에 연락하여 각 지역별로 거리에서 내면초상화를 그리려면 어떻게 해야 하는지 알아보았다. 야외에서 그림을 그리는 것이기에 거리작가 면허를 발급받아야 하는 도시도 있었는데, 미리 지역 기관에 연락해 세세한 절차도 알아두었다.

미국에서의 하루하루는 여러 나라에서 온 새로운 사람들과 내면초상화를 함께하는 여행이었기에 모두 값졌지만 그 중 3박 4일을 여행하는 기차 속에서 특히 많은 것을 느낄 수 있었다. 샌프란시스코에서 뉴욕으로 이어지는 미국 횡단열차에서였다.

기차 안, 나는 손에 턱을 괴고 창밖을 내다보고 있었다. 샌프란시스코에서 뉴욕으로 가는 방법은 여럿이 있다. 그 중 가장 빠른 비행기는 6시간이 걸린다. 그런데 이 기차는 3박 4일이나 걸렸다. 느리다고 할 수 있는 속도였다. 내다보고 있는 창밖 저 멀리로 산이 보였다. 산은 비행기를 타고 갈 때와는 달리 금세 없어지지 않고 내가 움직이는 만큼만 조금씩 움직이고 있었다. 그 밑의 들 또한 천천히 흔들리는 것이 마치 묵직한 그림 같았다.

느리게 움직이는 풍경을 보며 나는 방금 떠나온 샌프란시스코에서의 마지막 날을 돌이켜보았다. 마지막 날이라 마음먹고 관광하기로 했던 나는 일정을 기어리 거리에서 롬바드 거리, 그다음 헤이트 애쉬버리 거리의 동선으로 촘촘히 짰다. 그런데 중간에 오밀조밀한 풍경의 롬바드 거리를 구경하다 그곳에 푹 빠져 버린 나머지 마지막 헤이트 애쉬버리 거리에 들를 시간이 빠듯해져 버렸다. 다음 장소로 급하게 이동해야 하는 그 시점, 나는 헤이트 애쉬버리 거리 구경을 포기하기로 했다. 대신 롬바드 거리 근처를 천천히 둘러보기로 했고, 그 결과 롬바드 거리의 숨겨진 요모조모를 더 재미지게 구경할 수 있었다.

나는 다시 현재로 돌아와 내가 타고 있는 기차와 그 밖 풍경에 집중했다. 느린 기차의 속도는 아름다운 풍경을 샅샅이 볼 수 있는 빠르기였다.

샌프란시스코에서의 마지막 날 느리게 이동하며 관광했기 때문에 헤이트 애쉬버리 거리에 들를 수 없었지만, 롬바드 거리를 깊게 알 수 있게 되었다. 그리고 느리게 움직이는 기차를 탄 덕에 나는 비행기를 탔다면 보지 못할 풍경들을 보고 있었다.

느린 것은 느리기만 한 것이 아니다. 아이러니하게도, 느리게 움직임으로써 나는 지나치는 풍경들을 더 빠르게 이해할 수 있었다.

비행기처럼 빠르게 나는 삶보다는 한 발 한 발 겹치는 보폭으로 천천히 걸어가는 삶을 살고 싶다는 생각을 했다. 내 주변 풍경을 지금처럼 눈에 깊이 담고 내가 향하는 길이 어디인지, 어떠한 촉감인지 하나하나 밟고 느끼며 살 만큼의 천천한 속도. 그것이 바로 내가 원하는 속도임을 알 수 있었다.

깨달으며 찬찬히 고개를 돌려 보니 이 기차는 느림을 즐기고 싶은 사람들로 가득했다. 다른 빠른 이동 수단 대신 일부러 기차를 택한 사람들이니 당연했다. 사람들은 저마다 편한 자리에 앉아 맥주를 마시고, 카드 게임을 하고, 기타를 치고, 노래를 부르고 있었다. 그들에게 기차는 수다 떠는 카페요, 멋진 볼거리로 가득한 전시장이요, 도서관이요, 숙소였다. 통 유리창 밖에서 햇볕이 나른하게 쏟아지고 있었다.

햇볕에 취한 채 옆자리 아가씨에게 말을 걸었다. 학생처럼 보였던 그녀는 알고 보니 나보다 나이가 많았다. 미셸은 타이완에서 태어나 이곳에 유학을 와 현재는 대학원에서 물리학을 공부하고 있다고 했다.

왜 여행을 오게 된 거냐고 그녀가 물었을 때 나는 아마 행복이 무언지 찾고 있는 것 같다고 대답했다. 그러자 그녀는 한 강연을 추천해 주며, 자신의 행복관을 이야기했다.

"행복은 너를 응원하는 사람들을 곁에 두는 것이야."

도란도란 우리의 이야기는 이어졌다.

새로운 친구들과 소통하며, 나는 내면초상화를 그려야겠다고 마음먹었다. 여유로운 분위기의 전망칸 안, 테이블을 하나 맡았다. 그리고 색연필과 종이를 꺼내니 그것만으로 내면초상화 테이블이 완성되었다.

기차 안 사람들과 대화하며 내면초상화를 그리기 시작했다. 조급한 마음 멀리로 던져 두고 도란도란 이야기 나누며, '많이'가 아닌 '천천히' 그림을 그려 나갔다. 저 멀리 한 아저씨의 기타와 노래 소리가 계속되고 있었다.

지금 이 기차의 속도가 나와 꼭 맞았다. 타국에서 방황하고 움직이며 나는 나만의 속도와 방향을 찾아가고 있었다.

인생은 길고 안개가 자욱한 길과 같다. 잘 보이지 않는 부옇고 긴 그 길은 무섭기도 하다. 길 위에서 나는 손을 앞으로 최대한 뻗어 휙휙 저으며 발로 돌부리는 없는지 톡톡 치며 나아간다. 살아간다는 것은 이렇게 한 발자국 한 발자국 알 수 없는 길을 더듬어 가는 것이다.

살아가면서 길을 잃었다고 생각될 때가 있다. 내가 나아가고 싶은 방향이 분명 있었을 텐데 잘 가고 있는 것인지 어느 순간 도무지 모르게 된다.

'이쪽으로 가는 것이 맞는 방법인지 모르겠어. 돌아가야 할 것 같기도 해. 아니 그때 그 갈림길에서 다른 길을 선택해야 했을는지 몰라.'

하지만 길을 잃었다고 생각될 때는 다시 천천히 자신만의 속도와 방향을 찾아가면 된다. 그뿐이다.

이 장에는 방황하며 천천히 자신의 길을 찾아가는 사람들의 내면초상화를 소개하려 한다.

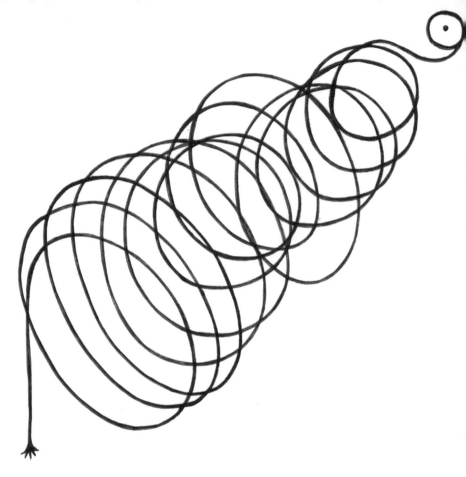

길 _____

계속 같은 곳만 돌고 있는 줄 알았는데
어느새 방향이 보여
나의 아름다운 길.

길

내게는 특별한 인생 선생님이 계시다. 첫 책의 추천사를 써주신 선생님, 대학시절 나는 틈만 나면 그 분을 졸졸 따라다녔다. 선생님은 작은 고민에도 늘 귀 기울여 주시고, 내게 꼭 맞는 조언을 해주시곤 했다. 생각이 자라날 무렵의 어린 나에게 채워지지 않는 갈증을 해소해 주시고 사고를 넓혀 주셨다.

　"저는 왜 이렇게 고민이 많을까요?"

　친구들에 비해 유난히도 고민이 많던 내가 힘들어할 때 다른 사람들은 "넌 고민이 너무 많아 탈이야" "생각의 가지를 쳐내. 덜 생각하고 더 행동해" 충고하곤 했지만 선생님은 다르셨다.

　"선영, 고민이 있다면 아무리 하찮은 고민이라 할지라도 치열하게 고민하고 또 고민해서 파고 들어가렴. 너는 고민하는 스타일의 사람인 거야. 그러니 고민의 끝장을 봐. 그 끝에서 깨달음이 올 거야."

또 어느 날의 나는 선생님 앞에서 푸념을 하고 있었다. 당시 나는 문과생으로서 디자인 부전공을 하고 있었다. 좋아서 선택한 것이었지만, 아무래도 버거웠다. 미대 수업을 듣는 내내 고등학교 때부터 그림을 그려 온 다른 학생들과 차이가 났다. '늦었다고 생각할 때가 가장 빠를 때다'는 말은 와 닿지 않았다. 내가 남들에 비해 뒤처지고 느리다는 생각만 들었다.

"선생님, 저는 왜 지금에야 미대 수업을 듣기 시작한 걸까요. 다른 사람들은 자기 길을 빨리 찾아서 잘만 가는 것 같은데 저는 늘 느려요. 뒤늦게 디자인을 공부하는 지금도 제 갈 길을 곧장 가고 있다는 생각은 들지 않아요. 발전 없이 같은 자리에서 맴맴 도는 것만 같아 답답해요."

선생님은 말씀하셨다.

"선영아. 여기서 저기로 이르는 길이 여럿 있다면 직선으로 난 지름길 말고 지금처럼 최대한 굽이굽이 돌아가는 길을 택하렴. 돌아갈 수 있는 한 최대한 돌아가는 길."

"왜요?" 어린 나는 되물었다. 빨리 가는 것이 당연히 좋다고 생각했던 것이다. 최연소, 최단기가 최고가 아니었던가? 하지만 선생님의 대답은 짧고 간결했다.

"경험의 폭이 달라."

같은 곳에 이르더라도, 그 경험의 폭이 다르고 깊이가 다르게 되니 빨리 가려 하지 말고 최대한 돌아가라는 말씀이셨다. 당시의 나는 그 말을 이해하지 못했는데 이해되지 않았기에 그 말은 오래도록 내 가슴에 남았다. 그리고 이제 나는 비로소 그 말의 뜻을 알게 되었다.

느려서 고민이라는, 비효율적으로 나아가는 것 같다는, 예전의 나와 같은 고민을 안고 있는 한 소녀를 만났을 때, 그리고 그녀가 이어 "가끔 두렵기도 하지만 빠른 것보다는 느리고 꼼꼼하게 나아가는 것이 자신의 성격에 잘 맞는다"고 말했을 때 선생님이 해주셨던 말씀이 떠올랐다.

느린 것은 느린 것이 아니다. 느리게 감으로써 더 깊이 가게 되는 것이다. 경험의 폭이 달라지는 것이다.

'길'이라는 단어로 소녀의 내면초상화를 그리며 지금까지 돌아온 나의 길들을 굽어보았다. 굽이굽이 돌아가는 길을 걷는 그녀는 그 시절 나와 닮아 있었다. 그림을 그리며 나는 마음속으로 고개를 끄덕였다.

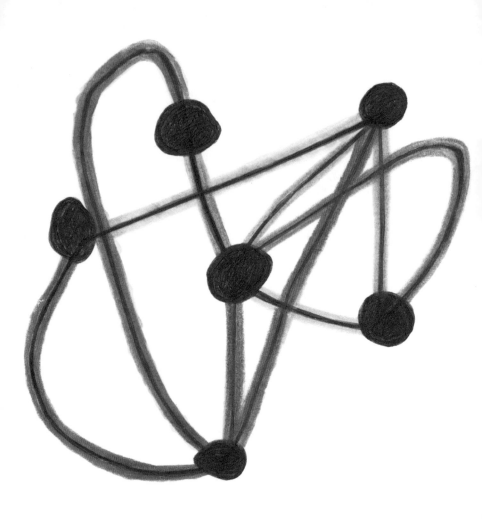

## 방황

무엇을 찾는지, 찾았는지 모르며 그저 헤매이는,
하늘, 땅, 별, 처음 그림 글
모든 것은 어느 하나가 아닌 그 모든 것 사이에,
헤매이는 사이에,

방황

"요즈음 잠이 잘 와요. 내면초상화를 방 벽에다 붙여 놓고 계속 저에 대해 생각하고 있어요. 그러다 보면 어쩐지 마음이 편안해져요. 고맙습니다!"

재즈 페스티벌에서 '괴로움'이라는 단어로 내면초상화를 받아갔던 열일곱 소년의 메일이었다. '괴로움'으로 2년째 불면증으로 고생하고 있다는 그였다. 그는 내면초상화를 받은 후 잠드는 데에 전처럼 힘들지 않다며 메일을 보내 왔다.

나는 내면초상화를 그리는 보람을 느껴 기뻤다. 동시에 삶의 의미를 찾기 힘들다며 죽고 싶다던 그에게 계속 살아가고 싶도록 작은 도움이라도 주고 싶었다. 답장을 하며 나는 내가 애용하는 '좋아하는 것 적어 보기'를 추천했다.

"좋아하는 것을 더도 말고 덜도 말고 300개만 적어 보세요. 목욕도 좋고 빨간 장미도 좋아요. 그림 그리기, 스케이트 타기, 어떤 것이든 힘차게 써내려가는 거예요. 그 끝에 무언가가 보일 거예요."

좋아하는 것을 떠올리다 보면 나라는 사람의 윤곽이 드러나게 된다. 내가 어떤 사람인지, 어떻게 나아가야 할지 더 잘 알 수 있게 된다. 그러면서 살아가야 할 자신만의 이유를 발견하게 되는 것이다. 좋아하는 것을 300개나 적어야 하는 이유는 채워야 하는 칸이 많을수록 수를 채우는 데 집중하게 되어 주저 없이 내 무의식을 내보일 수 있게 되기 때문이다. 그러면 남에게 어떻게 보일지와는 상관없이 진짜로 내가 좋아하는 것들이 딸려 나오게 된다. 삶이 버겁다는 그에게 '좋아하는 것 적어 보기'는 이 삶을 포기하지 말아야 할 이유를 찾아 줄 수 있을 거라 생각했다.

그 메일을 보낸 지 일주일 후, 내면초상화 테이블 앞으로 반가운 얼굴이 다가오고 있었다. 바로 소년이었다.

"이번 단어는 '방황'이에요."

소년은 단어를 건넸다.

"'괴로움'에서 '방황'이라니 큰 발전인데요?"

"이제 괴로워 죽을 것 같은 상황에서는 벗어났어요. 좋아하는 것들을 적어 보면서 힘도 얻었고요. 그런데 어디로 나아가야 할지 잘 모르겠어요. 붕붕 떠 있고 방황하는 것 같아요."

"어디인지는 몰라도 어딘가로 가야겠다고 마음먹었다는 건 적어도 살아갈 의지가 생겼다는 말이군요! 축하해요. 음… 그런데 저번에 권해 드렸던 '좋아하는 것 300개 적어 보기'는 해보셨어요?"

나의 말에 소년은 당황하며 고개를 숙였다.

"열심히 고민해 보긴 했는데요, 몇 개는 적었는데 300개까진 못 찾겠어요."

"몇 개?"

"5개 정도밖에 못 적었어요."

"그러면 찾지 못한 것은 잊어요. 그보다는 찾은 것이 무언지 알려 줄 수 있으신가요?"

그러자 소년의 표정은 금세 밝아졌다.

"하늘, 달, 별, 웃음, 그림, 글을 좋아해요."

고개를 들며 그가 이야기했다.

우리는 살아 있는 생명체이고 그래서 늘 움직이고 있다. 움직이는 우리가 목적지로 나아갈 때에 그 목적지에 다다르는 순간보다는 목표를 향해 나아가는 시간이 훨씬 더 길다. 목적지에 머무르는 것은 도리어 순간이다. 우리는 목적지와 목적지 사이의 장소에서 더 많은 시간을 보내게 된다. 그렇다면 목적지와 목적지 사이에서 보내는 그 긴 시간에도 집중해 보아야 할 것이다. 그 시간은 바로 우리가 방황하는 시간이다. 목적지에 머무르는 시간보다 긴 방황의 시간이 우리의 대부분을 채우고 있고 그 방황의 자취는 결국 우리의 삶이 되어 간다.

소년 또한 아직 좋아하는 것 300개를 다 찾지는 못했지만, 그는 좋아하는 것 300개 자체보다 300개를 찾아가는 그 과정 속에서 자신을 찾아갈 것이다. 하늘, 달, 별, 웃음, 그림, 글 사이에서 헤매이며 자신의 삶의 자취를 만들어 갈 것이다.

무엇을 좋아하는지 아직 잘 모르겠다는 그에게, 그저 헤매는 것 같다는 그에게. 삶은 방황하며 좋아하는 것들을 찾아가는 과정 사이에 있으니 걱정 말라고 말하고 싶었다. 방황하는 것이 우리의 본질이고, 방황하는 동안에 우리 삶의 대부분이 만들어지는 것이라고.

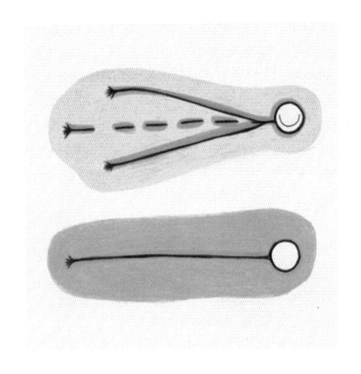

여유

길지 않아도 단 30초라도
지금처럼 숨 쉴 시간을 가지고 점선을 그리며 나아간다면
이미 나는 이전과 다른 존재,

여유

내가 그리는 내면초상화보다 내면초상화 테이블이 사람들에게 더 도움이 된다고 느껴질 때가 있다.

도시 사람들은 바쁘다. 학교에 일에 바쁘고 놀 때도 한가로이 놀지 않고 알차게 놀려니 바쁘다. 그 바쁜 사람들이 잠시나마 머물러 자신에 대해 생각해 볼 시간과 공간을 제공하는 것이 이 내면초상화 테이블인 것이다.

그렇게 생각하면 어쩐지 어깨가 으쓱해진다. 내면초상화 그 자체는 사람인 내가 그리는 것이기에 좋은 작업이 나올 때도 그렇지 못할 때도 있지만 내면초상화 테이블은 언제나 여기서 사람들에게 잠깐의 여유를 선물할 수 있다.

"이거 얼마나 걸리나요?"

인사도 없이 재촉하는 말투에 나는 눈을 쌜쭉하니 뜨고 고개를 들었다. 말쑥한 정장의 그는 요 앞에 있는 회사를 다니는데 잠시 짬을 내어 왔다며 가쁘게 말을 쏟아냈다.

그는 바쁜 삶을 살고 있었다. 회사에 다니며 틈틈이 아르바이트도 하고 동시에 대학원까지 다니고 있었다. 게다가 최근에는 논문준비까지 겹쳐 도무지 쉴 틈이 나질 않는다고 했다. 여행하고 책도 읽으며 좀 더 자신을 돌아보는 시간을 보내고 싶은데 여유라곤 없이 산 지 오래라고 했다. 오랜만에 공원에 나오니 좋다며 그는 피로한 웃음을 보였다. 그의 '자신을 표현하는 한 단어'는 '여유'였다. 여유를 갖고 싶다는 의미에서.

'여유'가 없어 '여유'라는 단어를 선택했다니, 어떤 그림을 그려 주면 좋을까 하다가 내 주변의 여유 있는 사람을 떠올렸다. 바로 작업실 동료 작가 정은이었다.

나는 그녀를 여유 있는 사람이라고 생각한다. 그녀는 일이 아무리 바쁘더라도 자신에게 중요한 시간을 지킬 줄 아는 사람이기 때문이다.

정은은 예술가이자 프리랜스 일러스트레이터이다. 프리랜서의 특성상 일이 불규칙적으로 몰릴 때가 종종 있다. 여러 개의 마감이 겹칠 때에는 정신없이 바쁘다.

그렇지만 그녀는 아무리 바쁜 날이라 하더라도 만나고 싶은 사람이 있다면 새벽같이 일어나 일을 마쳐 놓고 저녁 약속을 잡는다. 아무리 바빠도 일상을 기록하는 그림일기를 그리고, 좋아하는 책을 읽을 시간을 따로 빼둔다. 아무리 바빠도 누군가가 말을 걸면 웃으면서 대답하고 무엇 좀 도와 달라 하면 흔쾌히 하던 일을 중단한다. 아무리 바쁘더라도 쉬는 시간이면 작업실 베란다에 서서 고양이가 노닥이는 것을 지켜보고, 카페 한자리에 걸터앉아 지나가는 사람들을 구경하며 공상한다. 그리고 이 공기 같은 일상마저 무겁다 느껴질 때는 다 내려놓고 훌쩍 여행을 떠나곤 한다.

잠시 잠깐 쉼표를 찍으며 나아가는 모습이다. 삶을 숨 쉴 틈 있게 사는 그녀의 얼굴에서는 바쁜 와중에도 늘 여유가 보인다. 시간의 사치를 자신에게 허용할 줄 아는 사람, 그녀를 여유 있는 사람이라고 오랫동안 생각해 왔다.

여유라는 게 별 것 없다. 거창하게 많은 시간을 할애해야만 여유가 생기는 게 아니다. 여유란 나의 친구처럼 자신에게 시간의 사치를 허용하는 마음가짐이다.

'여유'를 가지고 싶다는 바쁜 그도 공원 한복판에 내면초상화를 그리러 와 걸터앉은 지금 이 순간만큼은 여유 있는 사람이다. 잠깐이라도 지금처럼 자신에게 시간의 사치를 허용하며 산다면.

나는 점선으로 이루어진, 삶을 잘게 쪼개며 나아가는 사람의 그림을 그렸다.
'바쁘더라도, 지금처럼 앉아 자신에 대해 고민할 시간을 내는 사람이라면.'

그림을 건네니 바쁜 그가 고개를 들어 미소를 빙긋 지을 시간을 낸다.
'그리고 이렇게 미소 지을 시간을 낼 줄 아는 사람이라면.'

나 또한 종전의 쌜쭉한 표정일랑 다 집어넣고 내 삶을 잠시 쪼개어 그에게 미소를 건넸다. 내면초상화 속 그의 얼굴에도 미

소를 그려 넣었다. 지금 같은 여유의 순간들이 그에게 더 많아지
길 바라면서.

체념 없는 사람

목표를 향해 걸어가는 걸음걸음이 모두 목표달성이다,
한걸음을 걸을 때에도 채워짐을 알기에
체념 없이 그저 걷는다,

체념 없는 사람

한번은 병원에서 내면초상화를 그릴 기회가 있었다. 병원 측에서는 소아병동의 널찍한 방 하나를 비워 주셨다. 입원환자들 중 몸을 자유로이 움직일 수 있는 분들이 나를 찾을 예정이었다. 피카츄와 파워레인저를 그려 달라는 예닐곱 꼬마들 사이에서 그를 만났다.

수년째 사법고시에 도전 중인 쉰 살의 아저씨이셨다. 주변 사람들은 하던 일과 분야도 다르고 나이도 많으니 너무 늦었다며 포기하라 한다고 했다. 하지만 아저씨 자신은 포기하지 않고 계속 도전 중이었다.

"저는 과정을 즐기는 사람이에요. 그러니 체념할 필요가 없어요.”

　자신은 해낼 수 있을 거라고 믿고 있는 그의 단어는 ‘체념 없는 사람’이었다. 그는 시험에 합격하는 그 순간만이 아닌, 공부하는 하루하루의 과정에 의미를 두고 있었다. 수년 동안 한 번도 합격하지 못했지만 아저씨는 자신이 조금씩 합격에 가까워지고 있다고 생각하고 있었다. 공부를 한 자 한 자 하는 순간순간, 합격에 가까워지고 있다는 것이었다. 아저씨의 하루는 그렇게 합격여부와 상관없이 채워지고 있었다.

　내면초상화 속 아저씨는 자신답게 한 걸음 한 걸음 나아가고 있다. 한 걸음 한 걸음, 그가 걷는 모든 발걸음이 그를 채워 가고 있는 모습을 그려 나갔다.

　그림을 건넨 건 나였지만, 채워진 것도 나였다. 병원에서 돌아온 후, 내 책상 앞에는 이렇게 쓴 종이가 하나 붙었다.

　‘나는 과정을 즐기는 사람입니다.’

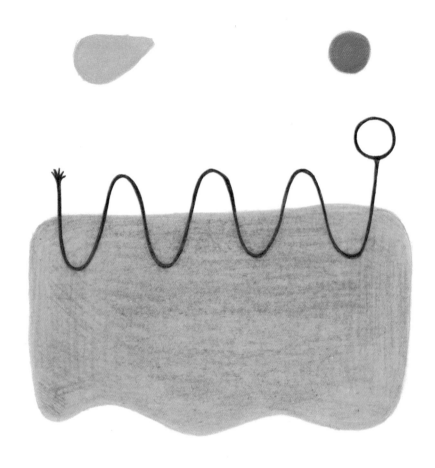

열정

수면에 드러나는 순간,
감추어진 순간 모두 나는
열정을 가지고 나아가는 중

열정

‘열정’. 이 내면초상화는 나에게 고요한 밤, 위안이 되어 주었다.

　나는 결정을 신속히 하는 사람은 아니다. 대개의 경우 선택을 해놓고도 계속하여 그 선택을 잘했는지 그렇지 않은지에 대해 고민하곤 한다. 이리도 우유부단한 내게 글을 쓴다는 것은 0.1밀리미터의 전진과 0.099999밀리미터의 후퇴를 반복하며 0.000001밀리미터씩 나아가는 것을 의미한다.

　여행 잡지에 기고할 글을 쓰던 그날 밤도 마찬가지였다. 원해서 시작한 원고였지만 막상 글이 잘 풀리질 않았다. 당장 내일 원고를 넘겨야만 하는데 진도가 나가질 않았다. 어떤 표현이 가장 적합할까, 이 부분은 어찌 마무리지어야 할까. 내가 보았던 아름다운 풍경과 경험한 사람들을 글에 제대로 담아내지 못하는 것만 같아 힘들었다. 자괴감이 밀려왔다.

문장을 썼다가 뺐다가 다시 담았다가 수백 번을 번복하였다. 밤은 깊어 가는데 마음에 들지 않는다며 썼던 글을 대거 덜어내고 보니 남은 문장이 거의 없었다. 허망하고 울컥했다.

그때에 책상 위에서 어떤 분을 만나 어떻게 그렸는지 모를 이 내면초상화를 발견했다.

나는 가만히, 어떤 분에게 그려 드렸던 그림인지 노트를 뒤적여 보았다. 내면초상화를 그렸던 날이면 집에 돌아와 그날 있었던 일을 기록해 두는 노트다. 이윽고 한 페이지에 다다랐을 때 접어둔 기억이 새록새록 올라왔다.

이 내면초상화의 주인공은 전시기획 일을 하고 있는 한 청년이었다. 나와 마주했을 때의 그녀는 오랜 기간 준비해 온 전시 오픈을 앞두고 있었다. 힘든 일도 많이 겪으며 전시를 열정적으로 준비해 오다가 마침내 오픈을 코앞에 두고, 가장 큰 열정으로 가슴이 두근대고 있다고 했다.

"열정이란 어떤 것이라고 생각하세요?"

나는 물었다. 열정적인 그녀가 생각하는 '열정'이란 무엇인지 궁금했다.

　"힘든 시기에도, 힘들지 않은 시기에도 변함없이 나아가는 힘이요. 성과가 눈앞에 곧 나타날 지금뿐 아니라 보이지 않는 준비 단계에서도 계속해서 나아가는 힘이요."

　그때 그녀는 힘주어 분명하게 말했다.

　결과가 눈앞에 바로 보이지 않는다고 해서 나에게 열정이 없는 것이 아니고 노력하지 않는 것 또한 아니다. 그저 힘을 다해 나아가는 것, 그것이 열정이다. 수면에 보일 때도 보이지 않을 때도, 나는 열정을 가지고 나아가는 중인 것이다.

　노트를 덮고 다시 여행기 원고로 돌아와서 펜을 들었다. 지워진 문장들도 모두 열정이다. 그렇게 생각하니 카페인을 섭취한 듯 힘이 솟아났다.

색색이 다르게 빛나는
마음들
----------------------------

바닥에 가만 앉아 무릎을 꼭 껴안은 채 앉
아 있던 나는 코를 킁킁대기 시작한다. 그
러고는 가까운 무릎부터 종아리, 발, 손, 팔,
코 밑, 닿는 곳이면 어디든 하나하나 천천
히 냄새를 맡아 간다. 내 살내가 좋다.

　부드럽게 어루만지듯 코를 움직이던
나는 몸의 부위별 냄새가 다르다는 것을
발견한다. 발이나 코 밑과 같이 향이 강하
게 나는 곳을 제외하더라도 가령, 무릎과
팔은 모두 약하지만은 그 향이 확연히 다

르다. 어디는 고소하고 어디는 달콤하고 또 어디는 텁텁한 냄새가 난다. 그 작은 발견이 재미있어 계속해서 코를 킁킁거린다. 온몸 구석구석을 냄새 맡는다. 그러다 문득 깨닫는다.

모두 익숙한 냄새다. 의도적으로 그리고 의식한 상태에서 내 몸 이곳저곳의 냄새를 샅샅이 맡아 본 것은 이번이 처음인데, 이상하게도 향이 전혀 어색하지 않다.

아마 공상하며 턱을 괴고 있을 때 내 손과 코는 가까워지곤 했을 것이다. 지금처럼 무릎을 꼬옥 안을 때면 나도 몰래 무릎의 향을 깊게 마셨을 게다. 내 몸이니까, 그리고 내 몸은 늘 나와 붙어 있으니까 자연스럽게 말이다. 이 익숙한 기분은 마치 엄마 품에 안길 때나 매일 밤 잠들기 전 베개에 머리를 누였을 때 혹은 오랜 여행을 마치고 집에 돌아갔을 때의 편안함과도 같다.

나도 몰래 내 코에 배어 버린 향을 맡고 있자니 묘하게도 내가 나를 사랑하는 것이 당연하다는 생각이 든다. 나는 내 속에 스며들어 있다. 가끔 내 자신이 미워 보이고 싫어질 때가 있지만, 나는 역시 나에게 푹 배어 버린 가장 가까운 존재다. 엄마도, 집도, 어떻든 익숙해져 사랑할 수밖에 없는 것처럼 이렇게 구석

구석 익숙해진 나를 사랑하는 것은 그러니까 자연스러운 일일 것이다.

내면초상화를 그리면서, 다양한 사람들의 삶의 이야기를 들으며 나는 진한 자신만의 향을 가진 사람들을 만날 수 있었다. 그들은 향수도 비누 냄새도 아닌 자기 고유의 향을 갖고 있었다.

낮에는 졸고 밤에 사냥하는 호랑이처럼 남들과 다른 시간을 살아간다는 '낮 호랑이' 씨, 아련한 기억속에 살아간다는 '아지랑이' 씨, 롤 모델을 정해 두고 그림자처럼 따라 연습한다는 '그림자' 씨, 자유로우면서도 자신의 틀은 고수한다는 '틀 속의 보헤미안' 씨 등.

그 외에도 '변태', '동글이', '하마', '깜장콩', '고래', '복숭아', '무지개' 등 사람들은 독특한 단어들을 '자신을 표현하는 한 단어'로 꼽았다. 망설임 없이 자신에 대해 설명하고 표현해 냈다.

내가 내 몸 구석구석의 향을 알고 익숙해하고 사랑하듯, 사람들도 무의식적으로 자신을 알고 익숙해하고 사랑하고 있었다. 그리고 그들은 내면초상화를 통해 진하게 자신의 향을 뿜어내었다.

이 장에서는 자신만의 향을 강하게 드러내었던 개성 강한 사람들의 내면초상화를 모아 보았다.

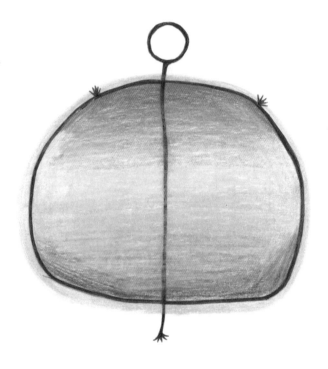

색

하늘색은 무얼까
그 하늘색이 하늘색만은 아니지
그처럼 내 색도
티토록 맑은 색이 어우러진

색

친구가 내게 하늘색을 좋아한다고 했을 때, 나는 자연스레 맑고 푸른 하늘색을 떠올렸다. 그리고 내가 "아, 그 하늘색? 예쁘지" 했을 때 그는, "아니, 그 하늘색도 좋은데 나는 하늘색이면 전부 다 좋아" 하고 답했다.

친구는 푸른 하늘 색뿐 아니라 하늘의 모든 색을 좋아한다고 했다. 그의 말을 듣고 보니 그렇다. 하늘은 시시각각 새로운 빛을 띤다. 새벽에는 어스름한 에메랄드빛, 아침에는 석류빛, 해가 쨍할 때에는 눈부신 흰 빛, 해가 질 무렵에는 무지개처럼 온갖 색을 천연히 내보이다가는 이내 컴컴해진다. 어두운 밤에도 그저 깜장은 아니고 날씨에 따라, 계절에 따라 깊은 감색, 푸른색, 새카만 색을 왔다 갔다 한다. 그리고 그 모든 색은 하늘색이다.

친구는 그 모두를 다 좋아한다고 했다. 그러니까 그의 '하늘색이 좋다'는 말은 하늘 속에 숨겨져 있는 색 전부를 좋아한다는 말이었다. 하늘색이 그 하늘색만은 아니라는 그의 말은 나로 하여금 색에 대해 다시 한 번 생각해 보게 했다.

편안한 히피풍의 옷차림, 연정 씨가 준 한 단어는 '색'이었다.
"색? 무슨 색이요?"
내가 그에게 되물었던 것은 이전에 하늘색하면 푸른 하늘색을 즉각적으로 떠올렸던 것과 같이 '자신을 표현하는 단어'가 '색'이라면 빨강색? 혹은 파랑색? 어떤 색을 말하는 것인지 궁금해졌기 때문이었다. 어떤 색이냐에 따라 의미하는 바도 다를 것이었다.
그런데 그는 그런 나의 물음에 자신은 한 가지 색이 아니라 여러 가지 색을 가지고 있다고 답했다. 자신을 표현하는 단어 '색'이 한 가지 색이 아닌 모든 색을 표현한다고, 자신은 여러 가지 색을 지닌, 말하자면 '색'을 지닌 사람이라는 그의 말을 들었을 때, 나는 오래 전 나의 친구가 말했던 '하늘색'이 떠올랐다. 하늘이 그 하늘색만이 아닌 다양한 하늘색을 지닌 것처럼 연정 씨도 한 가지가 아닌 다양한 색을 지니고 있었다.

우리는 모두 여러 가지 면을 가지고 있다. 친구들을 만날 때와 가족과 있을 때의 말투가 다르고, 기분이 좋을 때와 나쁠 때의 행동이 다르다. 그리고 그것은 모두 나다. 마음에 드는 모습만 내가 아니라 내가 불만 있는 모습까지도 다 나다. 자연스럽고 아름다운 나의 모습이다. 그러니까 나를 사랑한다는 것은 이런 다양한 면면의 나를 모두 사랑한다는 말이다. 자신을 인정한다는 것은, 자신을 알아간다는 것은, 자신의 이상향, 혹은 마음에 드는 부분만이 아닌, 자신을 있는 그대로 내보이고 인정하는 것이다. 손톱 물어뜯는 나도, 불안에 떠는 나도, 소심한 나도 모두 다. 그 모두가 모였을 때에 내가 되는 것이다.

연정 씨가 품고 있는 '연정의 색'이란 한 가지 색이 아닌 그의 여러 모습을 담고 있는 다양한 색이다. 그리고 그는 자신 안의 다른 많은 면들을 인식하고 인정하고 있었다.

나는 우선 종이 가득 그의 몸을 크게 그렸다. 그리고 그 안에 내가 넣을 수 있는 색을 모두 넣어 다양한 색을 지닌, 다양한 면면을 가진 연정 씨를 완성했다.

내면초상화를 건넨다.

## 동글이

원- 한 점에서 동일한 거리에 있는 점들의 집합

이 세상의 모든 것에 고르게 애정을 가지고 있는 나는,

사랑게 동그란 모양,

동글이

보기만 해도 싱그러운 대학생 넷이 쪼르르 앉았다. 그 중 첫 번째 지혜 양의 '자신을 표현하는 한 단어'는 '동글이'였다. 동그란 얼굴을 가진 그녀는 성격도 얼굴처럼 동글동글해서 별명이 '동글이'였다. 싫어하는 것이 별로 없다는 구슬 구르는 듯한 그녀의 목소리를 듣고 있자니 진짜 동글이 맞다.

원의 정의는 '한 점에서 동일한 거리에 있는 점들의 집합'이다. 한쪽으로 치우치지 아니하고, 같은 거리에 있는 점들을 이은 것이 원이다. 더 나가고 더 들어간 점이 없으니 당연하게도 원에는 모가 없다.

둥글둥글한 사람은 동그라미-원을 닮아 어느 한쪽으로 치우

치지 않으며 삐죽한 부분 없이 평온한 상태이다. 동글동글 부드
러운 사람과 있자면 나도 마음이 편해진다.

원처럼 한가운데 서서 어느 하나에 치우침 없이 세상 모든
것에 고르게 애정의 손길을 뻗치고 있는 그녀를 그린다. 그러다
보니 어느새 원의 형상을 그리고 있는 그녀가 그려진다. 가운데
있는 것이 지혜 양이고 밖으로 뻗은 선들은 그녀가 세상을 향해
뻗은 팔이다.

무지개 _____

나의 마음은 아무나 볼 수 없어요,
무지개가 비 개인 하늘에만 뜨듯,
나를 위해 줄 수 있는,
사랑하는 사람에게만
내 마음이 보여요,

무지개

가끔 나는 꼬마들의 내면초상화를 위해 대화를 하다 깜짝깜짝 놀라곤 한다. 어디서 그런 통찰력이 나오는 걸까 하고 말이다. 아이들이 내뱉는 단순하면서도 세상 이치를 꿰뚫는 듯한 말을 듣고 있자면, 콩알만 한 씨앗 속에 아름드리나무가 될 재료가 모두 들어 있듯, 이 아이들 속에도 모든 것이 갖추어져 있구나 하고 감탄하게 된다. 여덟 살짜리 꼬마 휘와의 대화는 그런 생각이 가장 분명하게 든 때 중 하나였다.

동그란 눈의 그 아이는 엄마 손을 잡고 왔다. 예쁘다는 말이 어울리는 뽀얀 아이였다.

"무지개요."

아이가 내놓은 단어는 '무지개'였다.

휘 또래의 아이들은 '표현'이라는 단어의 뜻을 잘 모르는 경우가 많아 때때로 나는 아이들에게 '자신을 표현하는 단어'를 달라고 하는 대신 '좋아하는 것이 뭐니?', '되고 싶은 것이 뭐니?'라고 이해하기 쉽게 바꾸어 질문한다. 아니 실은 내가 그렇게 바꾸어 질문하기 전에 아이들은 좋아하는 것으로 알아서 바꾸어 답하곤 한다. 나를 당황하게 했던 '피카츄', '파워레인저' 등은 그렇게 받은 단어들이다.

아이들을 대할 때면 내게선 유치원선생님 말투가 자연스럽게 나온다. 일종의 '이해하기 쉽게 설명하겠어!' 각오를 담은 말투다. 이번에도 역시 아는 사람이 듣는다면 부끄러울 보드라운 말투로 "왜 무지개가 휘를 가장 잘 표현하는 말인가요?" 하고 아이에게 물었을 때, 나는 '예뻐서요.'라는 식의 단순한 대답을 무의식적으로 기대하고 있었는지 모른다. 하지만 내게 돌아온 말은 다소 묵직한 대답이었다.

"무지개는 비 오고 난 다음에만 보이잖아요."
뜻밖의 대답에 내가 아이를 다시 한 번 바라보며 묻는다.

"그럼 휘도 무지개처럼 항상 눈에 보이지는 않는다는 말인가요?"

아이는 고개를 말없이 끄덕인다. 그리곤 짤막하게.

"내 마음이요."

"그럼 휘의 마음은 어떤 사람한테만 보이는 건가요?"

아이는 말이 없다.

"음… 나를 좋아하는 사람?"

말 대신 아이는 다시 고개를 끄덕인다.

나도 말 대신, 무지개가 비 개인 하늘에만 뜨듯 아이가 자신을 위해 울 만큼 자신을 사랑하는 사람 앞에서만 자신의 마음을 보여준다는 내용의 글을 쓰기 시작했다.

사람들은 모두 선명한 자신만의 색을 지니고 있다. 어떤 이는 무지개를 보고 그저 예쁘다고 생각하는가 하면 이 아이는 무지개의 보였다 보이지 않았다 하는 모습이 자신과 닮았다고 생각한다. 모두의 생각이 다르다.

내면초상화를 그릴 때에 '자신을 표현하는 한 단어'로 같은 단어를 준 사람들도 많았지만 저마다 그 단어를 선택한 이유는 달랐다. 그래서 같은 단어라도 같은 그림으로 표현할 순 없었다. 같은 단어를 받아들더라도 각자의 이유를 듣다 보면 다른 내면 초상화가 나오곤 했다.

같은 빨강 꽃이라도 꽃잎마다 미세하게 다르듯. 같은 꽃잎이라도 햇빛에서 보는 것과 밤에 보는 것이 다르듯, 또 앞면과 뒷면이 다르듯. 사람들은 표현하기 어려울 만큼의 고유한 색을 지니고 있다.

변태
_____

나를 온전히 내보이고 싶은 나
소통하고자 하는 욕구가 강한 나
남과 달라 변태라 불리는 것이라면
나는 변태할래,
변태가 좋아

변태

그에게 처음 '변태'라는 단어를 받고서는 웃음이 나왔다. 그는 자신은 평소 생각나는 대로 표현하는 것뿐인데 그 행동이 엉뚱할 때가 많아서 주변 친구들에게 '비정상'이라는 의미로 '변태'라고 불리고 있다 했다.

바바리맨이 '자신의 신체를 노출하는 변태'라면 처음 만난 나에게 자신이 '변태'라며 이리 솔직하게 자신을 털어놓는 그는 '자신의 속내를 드러내는 변태'였다. 바바리맨이 자신을 활짝 펼쳐보이듯, 속을 활짝 펼쳐 보이는 그의 모습을 내면초상화로 담았다.

나중에 이 그림은 내면초상화의 포스터와 소개책자의 표지에 들어가, 내면초상화를 상징하는 로고의 모태가 되기도 하였다. 자신 안에 있는 것들을 드러낸다는 점에서 내면초상화의 본질과 맞닿아 있다고 생각했기 때문이다.

고백하건대 대학시절 나의 별명도 '변태'였다.

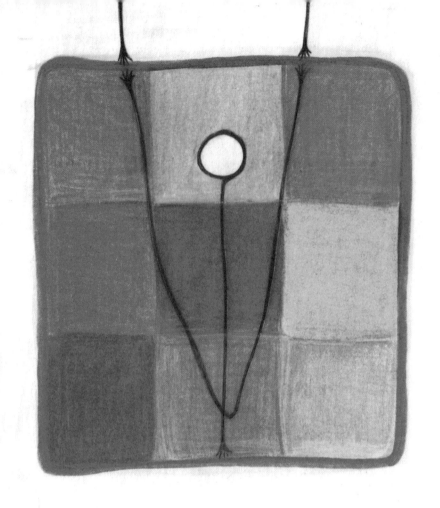

외로움 _____

외로워 손 뻗으니
나의 방그 한 뼘 밖
누군가

외로움

"외로워요."
"내가 이렇게 외로운지 친구들은 모를 거예요."

　세환 씨는 내게 말했다. 활달해 보이는 그는 겉으로는 사람들과 잘 어울리고, 친구가 많은 사람이라는 평을 듣곤 한다. 하지만 남몰래 외로운 그였다.

　홀로 사는 오피스텔에 돌아와 문을 쾅 닫고 나면 '나는 참 외롭구나' 싶다. 친구는 많지만 깊은 속 터놓을 친구가 없다. 그러다 보니 더 더 더 혼자만의 방 안에 웅크리게 되고 세상에 혼자 있는 것만 같은 느낌이 들었다. 외롭다. 그를 표현하는 한 단어는 '외로움'이었다.

나도 외롭다. 그가 외롭다고 털어놓았을 때 묘하게도, 안도 감이 들었다. 그를 위로해야 마땅할 내가 안도감이 들었던 것은 실은 나도 외로운 사람이기 때문이었다.

외로운 내게 외롭다고 그가 말해주니 '세상에 나 혼자만 외로운 게 아니구나' 하고 위안이 되었다. 앓고 있는 것은 나 혼자 만이 아니라는 것을 알게 되었고 그리하여 그의 외로움은 그 자체로 내게 위안이 되었다.

작은 내 세상 밖, 조금만 손을 뻗어 보면 나처럼 혹은 그처럼 외로운 사람투성이다. 먼저 조금만, 한 뼘만 더 손을 내민다면 그 밖에 사람들이 있다. 지금의 그는 자신의 방 안에 있지만 지금 내게 했듯 주변 친구들에게 손 내민다면 서로의 손 맞잡을 수 있을 것이다. 외로움이 바로 가시는 것은 아니지만 함께 견뎌 낼 친구들의 손을.

이윽고 그림 속 세환 씨와 타인, 두 사람의 손이 닿았을 때 이 모든 대화를 듣지 못했을 새로운 손님이 마치 그림에서처럼 가까이 테이블로 다가왔고 나는 그냥 미소지었다.

행복알갱이로 빼곡한
마음들

편지. 나는 편지를 참 좋아한다. 봉투를 뜯
기 전까지의 두근거림이 특히 좋다.

내면초상화를 통해 만난 친구 파울라
는 영화를 공부하는 교환학생으로 잠시 한
국에 와 있었다. 교환학생 기간이 끝나 루
마니아로 돌아가기 얼마 전, 나는 파울라
와 가까운 친구들과 함께 식사를 하게 되
었다. 즐거웠던 식사 시간이 끝나고 집에
돌아갈 무렵이었다. 그녀는 나에게 슬쩍 무
언가를 건넸다. 꽃무늬가 예쁘게 그려진 분

홍색 봉투, 편지였다.

혼자가 되어 집으로 돌아가는 길, 나는 편지 내용이 무척이나 궁금했지만 궁금하지 않은 척, 태연한 체를 하였다. 편지를 읽기 전의 그 설렘과 기대감을 되도록 오래 간직하고 싶어 나는 뜯는 순간을 되도록 늦추기로 했다.

집에 들어와 당장 그 편지를 뜯지 않았다. 우선 저녁 식사를 했다. 그러고는 뽀닥뽀닥 샤워를 했다. 좋아하는 TV 프로그램이 방영하고 있어 잠시 보았다.

편지를 뜯고 싶은 마음은 가슴 속에서 콩콩 콩닥거림으로 계속 자신을 표현하고 있었다. 그 콩닥거림은 식사를 하는 내내, 샤워를 하는 내내, TV를 보는 내내 계속되었다.

이윽고 할 수 있는 한 가장 끝까지 미루어 더 이상 미룰 수도 참을 수도 없는 순간이 왔을 때, 나는 편지를 뜯기로 했다.

당연히 그냥 아무렇게나 뜯지는 않았다. 편지에 걸맞은 정갈한 환경을 만들어야만 했다. 먼저 비누로 거품을 풍성히 내어 손을 깨끗이 씻었다. 그리고 때 묻지 않은 새 잠옷을 입고 작은 베개는 침대 매트 쪽에, 큰 베개는 침대 머리맡으로 하여 두 개의 베개를 직각으로 만들었다. 그 직각 사이에 등을 기대어 앉아 양 손으로 이불을 목 밑까지 끌어올린 후 이불을 구김 가는 곳 없도록 발을 한 번 퉁겨 좌륵 편다. 그렇게 나만의 정갈한 환경이 완성되었다.

　이제 드디어 반짝이는 칼로 조심조심 살살. 우악스럽지 않고 아름답게, 날카롭고 노련한 자욱을 낸다. 고운 내용물이 자태를 드러낸다.

　그렇게 숙성시켜 읽는 편지는 너무나도 달콤했다. 친구의 마음이 봄내음 묻어 전달되고 있었다. 읽는 내내, 입가에서 미소가 떠나질 않았다.


　선영에게

　작별 편지가 아니니 긴장 마. 널 울리려는 편지는 아니야!
　그것보다 나는 이 편지에 "만약?"이라는 제목을 붙이고 싶어.
　얼마 전 우리가 이전에 이야기 했던 것처럼
　"만약, 우리 삶이 한 편의 영화라면, 앞으로 이야기가 어떻게 펼쳐져야 재밌을까?"라는 상상을 해보았어.
　그러다가 "만약, 네가 루마니아에 온다면 어떻게 될까?"까지 생각이 미쳤지.

이 궁금증에 대한 답을 찾기 위하여 너를 우리나라에 초대하고 싶어. 내 친구들과 차를 마시고, 동유럽을 거니는 거야!

친구와 함께 와도 좋아. 정식으로 초대할게.

그래 또, 만약, 내가 선영, 너를 만나지 못했다면 어떻게 되었을까? 나는 정말 특별한 사람을 놓쳤겠지?

네 새로 나올 책을 보내 주겠다고 꼭 약속해줘. 네 새 책을 읽는 첫 독자가 되고 싶어.

나도, 내 첫 영화를 네게 보내 주겠다고 약속할게. 사인해서!

유럽에서 내면초상화를 그린다면 매우 특별한 경험이 될 거야. 내면초상화를 통해 유럽에 따스한 빛을 가져다주렴.

특별한 순간을 위해!

고마워, 특별한 친구야.

―파올라


나는 이런 작은 행복들이 너무나 좋다. 누구나 공감할 수 있는 큰 행복들도 좋지만 나만이 찾아가며 느낄 수 있는 소소한 행복들 말이다.

이렇게 친구에게서 받은 편지를 공들여 읽는 것이라든지, 월요일부터 금요일까지 열심히 일하고 주중 내내 먹고 싶었던 매운 낙지볶음을 포장해 오는 것이라든지, 동네 주변을 또박또박 걸으며 작은 오솔길들을 찾아내는 것이라든지.

나에게 온 편지에 행복할 수 있는 것은 나뿐이니까, 그 편지는 내가 발견해 내고 자각하지 않으면 사라지는 행복이다. 내가 찾고 내가 발견해야만 비로소 행복이 되는 그 작은 순간들은, 온전히 내 것이기에 나를 가득 채울 수 있다.

행복할 수 있는 요소가 나에게 생겨나면 그저 스쳐 보내지 말고 시간을 들여 길게 느껴야 한다. 파울라에게서 온 편지를 바로 뜯지 않고 길고 긴 시간 동안 미루고 음미하고 기대하며 즐긴 것도 그 때문이다. 그것이 내가 하나하나 행복알갱이로 빼곡히 나를 채우는 방법이다.

내면초상화에 대해서도 마찬가지였다. 내면초상화를 하며 사람들을 만나고 이야기하며 나는 참으로 많이 행복했다. 나의 작은 테이블은 매번 사람들로 북적였고, 온 몸의 기운을 몰아 집중하여 6시간 가까이 밥도 먹지 못하고 이어지는 소통이 끝나면 저질체력의 나는 어김없이 집에 돌아와 쓰러지곤 했지만, 가슴

벅차게 행복했다.

그 행복과 즐거움들을 나는 그저 흘려보내지 않고 최대한 자각하고 간직하려고 노력했다. 그러기 위해 내면초상화 작업을 하고 돌아온 날이면 그날 찍은 사진들을 정리하고 있었던 일들을 일기로 기록했다. 또한 가슴 깊이 남았던 내면초상화들은 찍은 사진들을 바탕으로 다시 그리기도 하였다. 이렇게 행복을 느낄 시간을 가지고 곱씹음으로써 나는 내면초상화를 하며 느끼는 기쁨을 더 길게 누릴 수 있었다. 내면초상화를 그려 드리는 순간이 순간의 행복이었다면 그림을 다시 그리며, 일기를 쓰며 나는 순간의 행복을 더 길게 늘여 행복을 음미할 수 있었다.

이렇게 행복을 느끼고 감상할 시간을 갖는 게 내 행복의 비결이다. 다른 사람들은 어떻게 행복을 느끼고 살아가고 있을까?

이번 장에서는 자신만의 행복을 품고 좇는 사람들과, 또 그들을 행복하게 하는 행복알갱이들을 담은 내면초상화를 소개하려 한다.

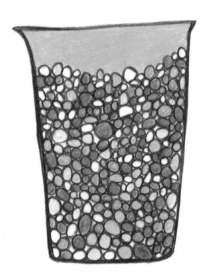

행복한 ____

작은 것이 나를 행복하게 만든다,
큰 것들보다 나를 밀도 있게 채워 줄 수 있으니,
나의 행복, 햇별 친구, 작은 돌들.

*행복한*

햇빛 쨍한 오후였다. 실눈을 뜨고서, 내리는 볕을 담듯 모으고 있는데 저만치서 한 외국인이 다가왔다. 자신의 이름을 해맑은 목소리로 밝힌 그녀는 자신을 대변하는 한 단어로 '행복한'을 주었다.

왜 '행복한'이라는 단어가 그녀를 대변하는 단어인지 묻자, 그녀는 자신이 항상 행복하게 살기 때문이라고 답했다. 그러고는 자신의 말을 뒷받침하듯 쌩긋 웃음 지었다.

"어떻게 항상 행복할 수 있죠? 좋은 일이라도 있으신가요?"

나는 어떤 것이 그녀를 그리 행복하게 만드는지, 그리고 어찌 사람이 항상 행복할 수 있는지 궁금했다.

"아뇨, 꼭 특별한 일이 있어야 행복한 건 아니에요. 따뜻한 햇살, 어디선가 주운 예쁜 조약돌, 친구와의 수다, 달콤한 음료 한 잔 같은 사소한 것들이 저를 행복하게 해요. 이런 작은 행복들은 가끔가다 찾아오는 것이 아니라 언제나 있는 것이잖아요? 저를 행복하게 하는 것들이 주변에 많기 때문에 늘 행복할 수 있어요."

작은 것이 자신을 행복하게 한다는 그녀의 말에, 나는 초등학교 시절에 했던 실험을 하나 떠올렸다. 자갈, 조약돌, 모래알을 넣어 비커를 가득 채우는 실험이다.

빈 비커에 큰 돌을 넣으면 단 몇 개만으로도 금세 더 넣을 수 없이 차 버리지만, 그만큼 큰 빈 공간이 생긴다. 돌이 큰 만큼, 돌과 돌 사이에 큰 틈이 생기는 것이다. 하지만 조약돌로 비커를 채우면 그 틈은 훨씬 작아진다. 조약돌이 들어갈 수 없을 만큼의 작은 틈만 생긴다. 그리고 조약돌보다 작은 모래알로 비커를 채우면 빈틈없이 비커가 가득 찬다. 모래알과 모래알 사이를 또 다른 작은 모래알들이 채워 주기 때문이다.

행복이 그와 같다. 삶을 밀도 있게 가득 채우는 것은 일상 속의 작은 행복이다. 그녀는 아마 누구보다 이러한 진실을 잘 알고 있기에 작은 것들을 사랑하고, 행복을 느끼는 것일 것이다. 내면 초상화 안의 윈펜이 그녀를 행복하게 하는 작은 행복들로 가득 찬 비커다.

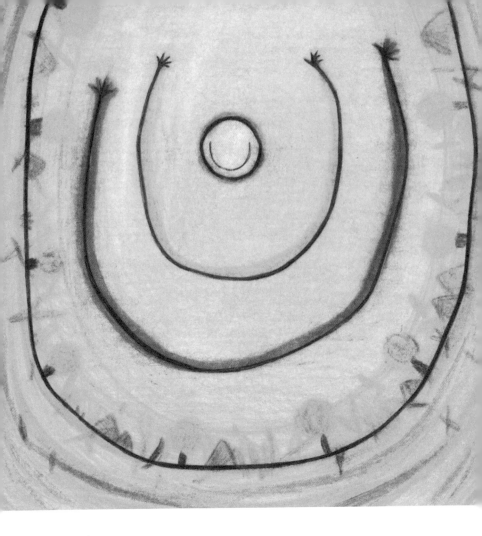

웃음

웃어! 웃는 만큼
세상이 내게 웃으며 안긴다.

웃음

그는 눈을 반달 모양으로 예쁘게 만들어서는 '헤-' 하고 힘 뺀 웃음을 보였다. 나는 웃음 중에서도 특히 지금의 그와 같은 바보웃음을 좋아한다. 몸의 긴장을 풀고 숨을 들이쉬었다 내쉬면서 입을 벌리고 헤-히익. 이렇게 웃는 웃음 말이다. 가식적으로 예쁘게 짓는 거짓미소와 달리 바보웃음은 저 밑에서부터 좋은 기분을 한 번에 끌어올려 짓는 너털웃음이다. 이 바보웃음은 사람을 무방비 상태로 만들어 버린다. 나도 그와 같은 바보웃음 짓기를 즐긴다. 경계라곤 찾아볼 수 없는 이 웃음에 누구든 피식 맞웃음 지을 수밖에 없다. 상대방의 그 맞웃음 보는 게 난 참 좋더라.

아니나 다를까, 그는 자신을 표현하는 한 단어로 '웃음'이라는 단어를 주었다. 웃으면 사람들과 더 쉽고 빠르게 친해질 수 있어 좋다고 그가 그런다. 말하며 다시 웃는다. 그 모습이 따사로워 나의 기분도 단박에 좋아졌다. 마음을 맑고 밝게 해주는 웃음이다.

마음이 통하고 있었다. 긴 대화 없이도. 웃음을 주고받으며, 나는 그의 내면초상화를 그렸다.

웃으면 좋은 일들이 끊임없이 생겨난다. '그러겠거니' 정도가 아니라 웃음의 효과는 정말 즉각적이고도 극적이다. 내가 웃으면 보는 사람의 기분도 좋아진다. 상대방의 기분 좋아진 표정과 웃음은 부메랑처럼 내게 다시 돌아와 나의 기분을 좋게 한다. 그런 분위기에서는 좋은 일들이 생겨날 수밖에 없다.

나는 그래서 기분이 좋지 않을 때일수록 무조건 헤벌쭉 웃으려 노력한다. 먼저 다가가 먼저 웃으면 상대방도 내게 다가오고 웃음 지어 보인다. 상대방의 굳은 표정이 미소로 바뀌면 먼저 웃기 잘했구나 싶다. 내가 세상에 한 발짝 다가서면 세상도 내게 다가온다.

내면초상화에 세상에 웃음으로 한걸음 먼저 다가서는 그의 모습을 담았다. 그림 속 그는 온몸이 둥그렇게 휘어져 있다. 얼굴뿐 아니라 온몸으로 밝게 미소 짓는 사람의 모습이다. 온몸으로 웃음 짓는 그에게 온 지면이 휘어져 다가오고 있었다. 감싸 안듯이. 세상이 한 발짝 그에게 다가서고 있었다.

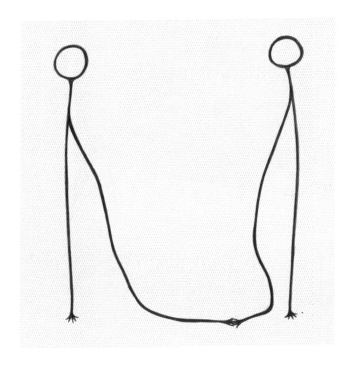

사랑
_____

자유로이 손잡은 채 놓아두었다가

소르듯 다시 가까워지기,

그것이 나의 사랑

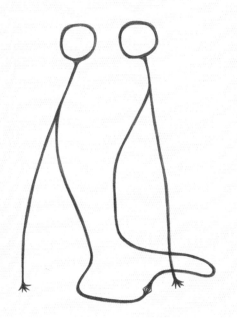

꽉 붙들고 있었다. 그러나 그것은 사랑이 아니었다.

돌이켜보면 너무 가까이 있어 서로를 온전히 바라볼 수 없는 순간들이 있었다.

"남자친구 보러 왔어요."

배시시 웃으며. 그녀는 중국 하얼빈에서 한국에 있는 남자친구를 만나러 왔다고 했다. 사랑에 푹 빠져 있다는 그녀가 건넨 단어는 '사랑'.

그녀와 남자친구는 오랜 기간 교제해 왔다고 했다. 남자친구가 3년 전 한국으로 유학을 오는 바람에 둘은 중국과 한국을 오가며 장거리 연애를 하게 되었지만 그녀는 그와 멀리 떨어져 있어도 서로에게 신뢰가 있기 때문에 두렵지 않다고 했다. 각자 자기 자신에게 집중하는 그 시간들이 있기에 이렇게 가까이 있는 순간이 더 행복하다고 했다.

오랜 기간 멀리 떨어져서 이어 갈 수 있는 그들의 신뢰가 놀라웠다. 동시에 그들의 사랑은 이토록 자유로운 것이구나 생각했다. 놓아둠이 바로 이들의 사랑이었다. 집착이 아닌 신뢰에 바탕을 둔 그 놓아둠이 아름답다 생각하며 그림을 그렸다. 편안하게 서로를 풀어 두면서도 언제든 끌어당겨 함께하는 두 사람을.

자유롭게 자신에 충실하면서도 하나로 연결되어 있는, 놓아두면서도 손 맞잡고 있는 이들의 모습이다. 사랑은 그런 건가 보다. 세상에 그저 그 사람이 존재함으로 인해 행복한 것. 멀리 있어도, 가까이 있어도 그저 서로 존재함으로 행복한 것. 꽉 붙들지 않아도.

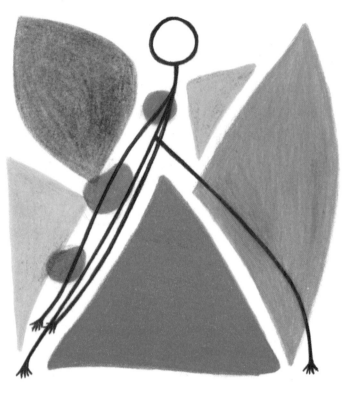

행복

행복은
아주 아주 천천히 걷는 것,
모든 것을 선명히 보는 것,
가끔은 그저 서서,

행복

반짝거리는 은색 동전을 길에서 발견했는데 걷는 속도를 늦추지 못하고 그냥 지나쳐 왔다. 문득 궁금해졌다. 그건 100원이었을까 500원이었을까. 100원이었다면 뽑기반지 하나, 500원이었다면 만화책을 대여할 수 있는 돈인데. 이미 지나쳐 온 지금에야 다 무슨 소용이겠느냐마는.

내면초상화 테이블을 세팅하고 있는데 한 청년이 주변을 어슬렁어슬렁하고 있었다.
"안녕하세요!"
청년의 얼굴을 알아본 나는 먼저 인사를 건넸다. 샌프란시스코에서 온 그는 요전날 내게 와서 내면초상화를 그려 갔었는데 그게 마음에 들었는지 이틀 연속으로 다시 찾아온 것이었다.

"다시 찾아주셔서 감사해요. 그런데 아직 개장할 시간이 안 되어서…. 한 시간은 지나야 시작할 텐데요, 이 근처 다른 데 구경하시다 오시는 게 나을 것 같아요."

미안한 마음으로 말을 건네니 그가 말했다.

"아뇨, 저 어슬렁거리는 것 좋아해요. 기다리는 것도 좋아해요. 여기서 이러고 있을게요."

그러고는 다시 주변을 어슬렁거렸다. 그 느긋한 모습이 즐거워 보였다.

이윽고 예술시장이 개장하고 그는 당연하게도 첫 번째 손님으로 내게 왔다. 기다렸다는 듯 세 가지 단어를 연이어 내려놓으며 세 장의 내면초상화를 부탁해 왔다. 그가 첫째로 준 단어는 '행복'이었다.

"방금의 기다림에서도 행복을 발견했어요."

그는 장이 열리길 기다리며 특별히 할 일이 없는 그 한 시간 속에서 행복을 발견했다고 했다. 천천히 걸으며 도시에도 지저귀는 새들이 있었구나, 사람들이 살아가고 있구나, 멈춘 가운데 작게 움직이는 구름이 있구나… 알게 되었다. 멈춰 서니 자기 자신 또한 선명해졌다. 작은 발견에 기뻐진 그는 '행복은 지금처럼 발견하는 것'이라는 것을 알게 되었다고 했다. 때마침 불어오는 바람이 향기로웠다.

그의 말을 놓칠세라 행복을 찾아내고 누리는 그를 내면초상화로 담기 시작했다. 사진을 찍듯 잠시 멈춰 서서 그 순간의 행복을 담아내는 그의 모습을, 천천히 걸으며 행복한 그의 모습을.

떨어진 100원짜리 동전도 멈춰 주워야 뽑기를 하러 갈 수 있고, 행복도 발견하고 주워 자신의 것으로 만드는 사람의 몫이다. 그는 행복을 발견하고 주울 줄 아는 사람이었다.

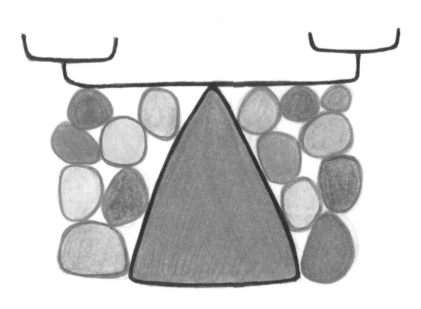

균형

아이디어가 가득찰 때
창작하고 싶은 것이 가득찰 때
균형 잡힌 느낌이 드는 나는,
저울에 무얼 올려놓아 균형을 맞추는 것이 아닌,
그 밑을 그득 채워 균형 잡는 사람,
가득찰 때 행복한 사람,

균형

"홀로 있으니 나는 나를 참 좋아하더라."

좋아하는 친구가 해준 말이다. 휴대폰, 인터넷, 빠른 이동 수단…. 늘 다른 이들과 연결되어 있는 현대의 우리에게는 홀로 있을 시간이 부족하다. 그러다 보니 남과 나를 비교하고, 진정 내가 원하는 바를 추구하기보다는 남들이 원한다고 여겨지는 삶을 살기 위해 노력하게 되기 쉽다.

친구는 그 부분을 꼬집어 말했다. 사람들 사이에서 다른 모든 사람들의 기준에 맞추어 나를 보면 마음이 쉬이 흐트러지지만 홀로 오래 있으면 나는 나 자신을 있는 그대로 좋아한다는 사실을 깨닫게 된다고 했다. 우리에게는 나 자신을 위한 나만의 기준이 필요하다.

꽉 찬 배낭을 멘 채 내면초상화를 그리러 온 파란 눈의 여인, 그녀의 단어는 '균형'이었다. 그녀는 균형 잡힌 삶을 살고 싶다고 했다. 그녀가 생각하는 균형 잡힌 삶이란 비교하지 않는 삶이었다. 다른 이들의 삶과 자신을 비교하며 으쓱한 적도 있었다. 하지만 그때의 평정심은 나보다 낫다고 여겨지는 상대가 나타나는 순간 금세 사라지는 얄팍한 평정심이었다. 어느 순간부터 그녀는 자신을 누군가와 일정한 잣대로 비교할 수 없다는 것을 깨닫게 되었다고 했다.

그녀에게 어떤 때에 균형잡힌 듯한 기분이 드냐고 물으니 본업인 영화제작에 대한 아이디어가 샘솟고, 창작하고픈 것이 많을 때에 자신은 안정된 기분이 든다고 했다. 다른 삶을 살아가는 여러 친구들에 흔들릴 때도 있었지만 온전히 몰입하여 영화를 만들 때만큼은 평온 그 자체였다.

그녀는 자신을 타인과 저울질하여 비교하지 않고 자신을 채워 균형을 맞추는 사람이었다. 아이디어로, 창작의 기쁨으로 자신이 가득할 때에 그녀는 평온했다.

나는 그녀를 위해 저울을 하나 그렸다. 보통의 저울이 양쪽 접시 위에 무언가를 올려놓아서 평형을 맞춘다고 하면 그녀는 저울의 접시 밑을 가득 채워서 균형을 맞추는 사람이었다.

영차. 저울 밑만큼이나 그득한 배낭을 추슬러 메고 그녀가 일어섰다. 그 배낭 속으로 내면초상화가 들어갔다.

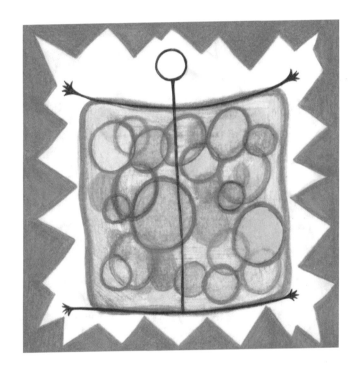

행복 _____

나는 몽글몽글
행복으로 가득 차 있어
힘든 일이 나를 찔러도
아프지 않아!

행복

2012년. 그해 여름에는 카페 대신 북한산 계곡에 자주 놀러갔다. 친구와 차가운 물에 이온음료 한 병, 발 네 개 담그고 시원하게 이야기 나누었다. 고개를 드는데 나뭇잎이 바람 따라 사사사사 흔들리며 노래 부르고, 햇살은 그 뒤에서 천연 스포트라이트를 비추고 있었다. 그야말로 끝내줬다.

조금 멀리 속초에도 다녀왔다. 낮에는 설악산 울산 바위를 오르고 저녁에는 일렁이는 바다를 보며 한참을 앉아 있었다. 자연이 좋다. 가장 자연스러운 형태로 머무르고 싶은 만큼, 머물고 싶은 방식으로 있을 수 있도록 나를 꼬옥 안아 준다.

겨울을 싫어한다. 추운 날씨, 두터운 옷은 나를 자유로이 돌아다닐 수 없게 하고 나는 쉽게 울적해진다. 사람마다 타는 계절이 따로 있다면, 나는 겨울을 타는 사람이다. 그런 내게 행복한 여름의 기억들은 내내 남아 추운 겨울을 지탱해 나갈 힘을 준다.

충남 연산역에서 열린 디자인마켓에 참가했다. 논과 밭으로 둘러싸인 평화로운 그곳에서 만난 인디 밴드의 보컬 그녀는 내게 '행복'이라는 단어를 주었다. 청초한 눈망울로 그녀는 내게 지금 너무 행복하다고 말했다. 행복이 어떤 것인지 묻자 그녀는 좋은 일이 있을 때에도 힘든 일이 있을 때에도 아무렇지도 않은 것이라고 했다. 좋은 일이 있을 때 행복한 것은 이해할 수 있지만 힘들 때에도 행복하다는 것은 어떤 것일까?

"전 힘들 때에는 행복한 기억을 떠올려요."
행복한 기억들은 그녀에게 역경을 이겨 나갈 힘을 준다. 힘들 때에도 행복한 기억들을 떠올리면 금세 행복해진다. 그녀는 그래서 자신에게 행복한 기억을 많이 만들어 줄 노래를 부르고 밴드를 한다고 했다.

안이 꽉 찬 물체는 외부에서 어떤 충격을 가해 와도 같은 형태를 유지할 수 있다. 빈 종이 상자는 쉽게 구겨지지만, 안에 물건이 가득 찬 상자는 쉽게 구겨지지 않는다. 그녀는 행복의 기억으로 안이 꽉 찬 사람이었다. 힘든 일이 생겼을 때에도 행복한 기억으로 충만하기에 쉽게 구겨지지 않는다. 나는 안이 몽글몽글한 행복의 기억으로 가득 차서 힘든 일이 뾰족, 하고 찔러와도 상처받지 않는 그녀를 그렸다.

그녀는 노래할 때의 행복감으로 힘든 시기를 이겨 낸다. 나는 행복한 여름의 기억들로 겨울을 난다. 지금의 이 순간의 기억도 그녀에게, 나에게 몽글몽글한 알갱이가 되어 이 다음 힘이 들 때 해쳐나갈 수 있는 힘이 되어 주겠지.

나도, 행복의 기억을 많이 만들 테다. 사람 없는 짬을 타, 내 면초상화 테이블 따윌랑 잠시 내버려 두고. 그녀를 따라 논두렁으로 자전거를 몰아 페달을 밟았다.

아름답게 어우러진
마음들

--------------------

안젤라를 비롯한 다른 친구들을 처음 만난
것은 홍대 프리마켓에서였다. 매주 토요일
다양한 분야의 창작자들이 나와 깔개를 깔
고, 테이블을 펴고, 자신의 작업을 직접 선
보이는 곳이다.

이곳은 여러 장소를 돌아다니며 내면
초상화를 그리던 나에게 프리마켓은 일종
의 베이스캠프가 되어 주었다. 많은 사람
들이 찾아올뿐더러, 방문하는 사람들도 길
거리에서처럼 그냥 지나치는 사람들이 아

닌 문화적 체험을 하고 싶어 일부러 찾아오는 이들이었으므로, 최적의 장소였다. 매주 토요일이면 나는 프리마켓에서 테이블을 펼치고 내면초상화를 그렸다. 한 장소를 꾸준히 지키면서부터는 반복해서 찾아주는 단골들이 생겨났다. 많을 때는 하루 손님의 반이 단골이었다. 그러면서 자연스레 친구들도 사귀게 되었다.

안젤라와 켈시도 그 중 하나였다. 그녀들은 각각 미국과 캐나다 출신으로 한국에서 일하며 장기체류하고 있었는데, 프리마켓에 놀러왔다가 나를 발견했다.

내면초상화에 대해 물어보고는 이내 사라지더니 몇 시간 후 나에게 부탁할 내면초상화의 단어를 한 아름 들고 돌아왔다. 자신의 단어뿐만 아니라 고향에 있는 자신의 친구들, 가족들을 표현하는 단어들도 함께 들고 온 것이었다. 가져온 단어들을 하나둘씩 꺼내는 그녀들의 이야기에 빠져들었다. 프리마켓 폐장 시간이 지난 것도 모른 채 우리는 대화와 내면초상화에 열중했다.

처음엔 언어와 문화 차이에 거리감을 느꼈는데, 내면초상화를 받아들고 가족과 친구들을 떠올리며 울음을 터뜨리는 그녀들을 보자 마음속 작은 벽이 바로 무너졌다. 무서움과 어색함이 금세 사라졌다.

마음이 통한 그 후로 그녀들은 나를 자주 찾아와 주변 사람들과 자신을 위한 내면초상화를 부탁했다. 늘 즐거운 만남에 자연스레 친구가 된 우리는 따로 만나 식사를 하고 대화를 나누곤 했다.

한번은 안젤라가 말했다.
"나, 친구들에게 선영에 대해 많이 이야기해."
"정말?"
"응. 그러면 사람들이 도대체 어디서 그런 사람 찾았냐고 물어봐."
그녀가 웃었다.
"그러면 안젤라는 뭐라고 대답하는데?"
"'몰라, 그냥 우리가 그녀를 찾았어!', 그렇게 얘기해."
"우리 진짜 너 좋아해. We love you!"
켈시도 말했다.
안젤라는 고향인 캘리포니아로 돌아가면, 나를 소재로 영화 시나리오를 쓸 것이라고 했다. 진짜로 영화 관계자를 만날 것이라고, 우리도 부자가 될 수 있다며 깔깔댔다.

안젤라가 자신의 내면초상화들을 보며 감탄하기에 나는 이 그림은 우리가 함께 만든 것이라고 이야기했다. 문득 떠오른 말이었지만 말하면서 나 자신도 고개가 끄덕여졌다.

내면초상화 작업은 나 홀로 하는 것이 아니었다. 한 걸음 한 걸음. 대화를 나누고 소통하며 같이 만들어 가는 것이다. 사람들과 함께 하는 작업이기에 더욱 의미 있고 나를 더욱 행복하게 하고 있었다.

친구들과의 만남을 떠올리는 지금, 창 밖에는 눈이 내리고 있다. 흰색의 뽀송한 눈은 정말 예뻐서 보고 있자면 흡사 진짜 눈이 아닌 스티로폼 알갱이나 작게 뭉쳐진 솜덩이 같아 보이기도 하다. 부연 창 너머로 흩날리는 모양이 비현실적인 느낌을 자아내서, 혹시 가짜가 아닌가 의심하게 된다.

이렇게 가짜 같은 눈이 진짜가 되는 순간이 있다. 바로 옷을 여미고 밖으로 나가, 손을 내밀고 눈과 만나는 때이다.

하늘을 향해 쫙 편 두 개의 손바닥 위로 눈송이가 하나 둘 내려오기 시작한다. 이윽고 눈송이가 손바닥과 만나면 눈은 내 손의 따뜻함을 느끼며 사르르 녹아내린다. 동시에 내 손은 눈의 차가움을 느낀다.

가짜 같았던 눈은 손에게 차가움을 전달하며 자신이 진짜임을 증명한다. 덩그러니 있던 내 손도 눈에게 따뜻함을 내보이며 진짜가 된다.

사람 사이의 관계가 그와 같다. 나의 현실에 존재하지 않았던, 멀리 떠 있던 완전한 타자가 눈처럼 내 삶에 살포시 내려온다. 만나고 대화를 나누고 관계를 만들어 가며 사람과 사람들은 눈과 손처럼, 서로의 온도를 나눈다. 서로에게 진짜가 된다.

매번 내면초상화 작업을 하면서 그리도 즐겁고 가슴 벅찼던 것은 안젤라들 같은 사람들과의 소중한 인연 덕분이다. 저 멀리 내리는 눈처럼 그저 거리에서 스쳐 지나가던 사람들은 내면초상화 작업을 통해 내게로 다가왔다. 자신을 내보이고 감춰 뒀던 이야기를 들려주었다. 나 또한 마음을 활짝 열고, 있는 그대로 사람들을 받아들였다.

흩날리는 눈처럼 부유하던 사람들과 나는, 눈과 손처럼 만나 서로에게 진실로 존재함을 증명하고 진짜가 되었다. 잠깐 기억을 더듬으면 수많은 사람들이 떠오른다. 눈처럼 내 손에 자신의 온도를 전했던 사람들이 떠오른다. 그 모든 이들이 그립고, 또 그립다.

모두가 관계 속에서 진짜가 된다. 나도 내면초상화도 사람들과 어우러지며 진짜가 된다.

이 장에서는 사람들과의 관계 속에서 자신을 찾아가는 사람들의 내면초상화들을 소개하려 한다.

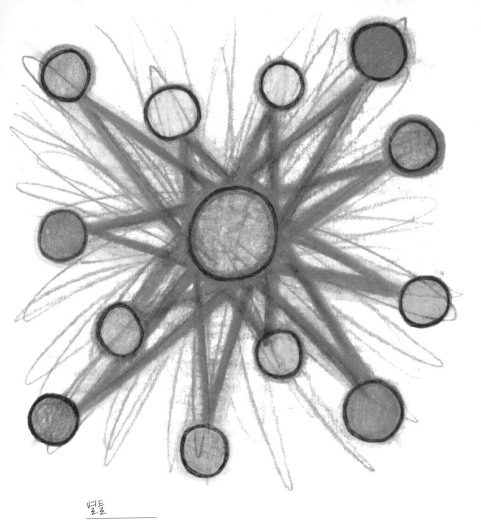

별들 _____

별은 홀로 빛나지 않는다,

다른 별들과 함께 살 때에

비로소 나는 오색으로 빛이 난다,

별들

홍콩에서 온 조프리. 귀걸이와 목걸이, 부분 염색한 머리에서 한
껏 멋 부린 티가 났다. 그가 내 앞에 내면초상화를 그리러 앉자,
함께 온 예닐곱 명의 친구들이 참새 떼처럼 모여들어 나의 테이
블을 빙 둘러쌌다.

"저는 스타거든요."

그는 쓰고 있던 뿔테 안경을 스윽 벗고 어깨를 크게 으쓱으
쓱 해보였다. 그의 농담과 과장된 몸짓에 주변 친구들은 배꼽
을 잡고 웃어댔다. 그 자신감 넘치는 모습이 그가 준 단어 '별
들'(stars)과 잘 어울렸다.

눈을 게슴츠레해서 친구들을 빙 둘러보는 것으로 친구들과
나를 다시 한 번 웃긴 그는 이내 만족스러운 표정으로 자신은 별

과 같이 빛나는 사람이라고 말했다.

그런데 다시 보니 그의 단어는 '별'(a star) 하나가 아닌 '별들'(stars)이었다. 이런 작은 것에서 각자의 생각 차이가 드러나는 법이다. 나는 물었다.

"왜 자신을 표현하는 단어가 '별'이 아닌 '별들'인가요? 조프리는 한 사람이잖아요."

그러자 그는 기다렸다는 듯 바로 답했다.

"저는 별은 별인데 혼자 빛나는 별은 아니거든요."

"그러면요?"

"혼자 있을 때의 저는 그렇게까지 빛나는 사람은 아니에요. 물론 혼자도 즐겁게 잘 지내지만요. 지금처럼 좋아하는 사람들이랑 있을 때 더 즐겁고 반짝반짝해요. 그래서 '별들'이라고 적었어요. 혼자 빛나는 별이 아니라서요."

"오오오오~."

'좋아하는 사람들'이라는 말이 나오자 친구들이 옆에서 방청객과 같은 추임새를 넣기 시작했다. 나도 그의 멋진 대답에 어느새 함께 오오 소리를 내고 있었다.

누구나 함께 있을 때에 더 빛을 발한다. '별'과 같은 영어 단어를 사용하는 '스타'들도 실은 감독, 코디네이터, 카메라맨, 연출가, 그들을 지켜보는 팬 등 수많은 사람들이 있기에 더 아름답게 빛날 수 있는 것이다. 홀로 반짝이는 사람은 없다. 그는 그 사실을 잘 알고 있었다.

나는 중앙에서 밝게 빛나는 별을 하나 그렸다. 이 별은 반짝반짝하는 그를 닮은 별이다. 그 다음으로 그려진 주변의 여러 별들이 그 별을 둘러싸고 있다.

조프리 별은 홀로도 빛을 내지만 다른 별들의 빛을 받아 더 큰 빛을 내고 있다. 붉은 선들은 조프리가 다른 별들과 주고받는 빛이다. 다른 별들 또한 조프리 별과 빛을 주고받으며 찬란히 빛나고 있다. 이 주변의 빛들이 모두 합해질 때, 조프리 별은 비로소 하나의 큰 별모양으로 완성된다.

함께하는 이들이 있기에, 서로의 빛을 주고받기에, 우리는 한 가지 희미한 빛이 아닌 시시각각 다른 아름다운 빛을 낼 수 있다. 함께 빛을 더해 간다.

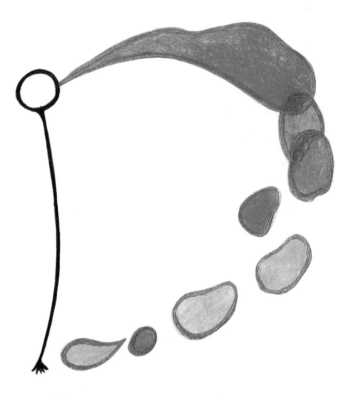

친절함 _____

내쉬는 만큼 돌아올 것을 알기에,
아름다운 것을 내어주면
더 큰 아름다움으로 가득찰 것을 알기에,
그녀는 오늘도 준다,
모두에게,

친절함

내면초상화 단골이자 나의 친구 안젤라는 미국인으로, 한국에서 영어를 가르치며 머무르고 있었다. 매주 미국에 있는 그녀의 가족들과 친구들에 대해 이야기 나누고 내면초상화를 그리며 우리는 어느새 친구가 되었다.

"어머니는 친절함 그 자체셔. 그럴 의무나 필요가 없을 때에도, 그저 작은 것이라도 있다면 뭐든지 나누려고 하신달까. 지금은 초등학교 통학버스 운전하는 일을 하고 계시는데, 매일 한가득 사탕을 준비해서 아이들에게 나눠 주곤 하셔."

"맛있는 요리를 하면 더 풍족히 해서 이웃들과 함께 나누어 먹는 건 다반사고…. 내가 어렸을 적에 부모가 학대하던 내 친구를 입양하셔서 지금 우리는 한 식구야."

미국에 있는, 안젤라의 어머니 메리는 늘 친절하고 베풀기를 기뻐하는 분이다. 그녀는 아주 작은 것이라도 남과 나누는 사람이다. 안젤라가 선택한, 자신의 어머니를 표현하는 한 단어는 '친절함'(kindness)이었다. 그녀는 사람들이 기뻐하는 모습을 보면 살아갈 힘이 난다며 빙긋 웃곤 한다. 메리는 그렇게 무엇이든 나누고, 주면서도 더 줄 것은 없을까 늘 생각하는 사람이었다.

"어렸을 땐 그런 어머니가 신기하기만 했는데, 이제는 나도 베푸는 게 버릇이 된 것 같아."

안젤라는 싱긋 웃었다.

내 주변에도 그저 베풀기를 즐거워하는 이들이 있다. 무엇이 그 사람들로 하여금 베풀게 하는 것일까? 그리고 안젤라의 어머니 메리는 왜 그렇게 베풀면서도 계속 더 베풀고 싶어하는 것일까? 계속해서 내어주면 나에게 남는 것은 아무것도 없지 않을까? 나만 손해 보는 것은 아닐까?

생각하며 숨을 후우 작게 내쉬는데 돌연 깨달음이 온다. 작게 내쉬고, 들이쉬고, 내쉬고 들이쉬고. 흡-호-흡-호. 조금 더 크게 쉬어 본다. 흡-호-흡-호. 그리고 마지막으로 아주 크게 쉬어 본다. 흐읍-호오-흐읍-호오.

숨을 내쉬면 그저 빠져 나가기만 하는 것이 아니다. 작게 내쉬면 작게 내쉬는 만큼, 크게 내쉬면 크게 내쉬는 만큼, 그만큼의 숨이 다시 나를 가득 채운다. 비운 만큼, 들어온다. 크게 내쉬면 내쉴수록 그 다음에는 더 큰 숨이 들어오기 마련이다.

무엇이든 숨을 내쉬듯 먼저 내어주면 그만큼의 기쁨이, 채워짐이 내게 돌아온다. 베푸는 이들의 넉넉한 표정은 이 정서적 포만감에서 오는 것일 것이다.

가슴이 탁 트여온다. 다시 한 번 크게 숨을 내쉬며 메리의 내면초상화를 그려 나갔다.

### 인생은 즐거운 것

세상은 멋진 왕관과도 같은 것,
지루한 이들이 직선을 그리며 살면,
난 그 위에 다이나믹한 선으로 왕관을 완성해,

## 인생은 즐거운 것

캐서린은 인생은 항상 즐겁다고 생각하며 쾌활하게 사는 사람이었다. 그는 새로운 일에 도전하기를 겁내지 않고 만사 긍정적으로 생각하고 즐긴다. 또한 사람을 만나고 다른 나라, 도시들을 누비기 좋아한다. 매일매일이 그에게는 새롭다. 동시에 그는 반문한다.

"인생은 이리 즐거운 것인데 세상에는 왜 이렇게 지루하게 사는 사람들이 많은 것일까?"

중국 여행 잡지의 기자인 그는, 취재차 우리나라에 들렀다가 나를 발견했다. 그는 홍대 앞에서 내면초상화를 그리고 있는 나를 보더니 신기해하며 짧은 인터뷰를 했다. 호기심 많은 그는 자신의 내면초상화도 부탁했다. 그가 적은 자신을 표현하는 단어는 '인생은 즐거운 것'(Life is Fun!)이었다.

어떤 면에서 그의 말이 옳다. 세상에는 내가 이해할 수 없는 방식으로 사는 사람들이 많다.
'왜 저 사람들은 저렇게 살까? 왜 재미없게 살까?'
하지만 재미의 기준은 각자마다 다르며 재미있는 삶이란 결국 '다르게 재미있는 삶'이라는 말일 터다.

다양한 사람들이 있기에 세상은 즐겁다. 쾌활한 그를 선으로 표현한다면 아마도 통통 튀는 모양의 선이 될 것이다. 그렇게 그를 통통 튀는 선으로 그려 넣고 보니 그리다 만 왕관 같다는 생각이 든다. 밑에 직선을 하나 받쳐 그려 넣으니… 어라, 왕관이 된다.
이 왕관 모양은 통통 튀는 선과 그 밑에 밋밋한 직선, 둘 중에 하나라도 없다면 완성되지 않을 것이다. 세상도 이러한 모양일 게다. 여러 가지 모양의 선들이 모여 아름다운 형(形)을 만들어 내는. 밋밋한 선들이 많으면 캐서린과 같은 이들이 통통통 날아 왕관을 만들고, 자유분방한 선을 닮은 사람들이 많으면 한편으론 직선을 닮은 사람들이 중심을 잡는.

  인생은 즐거운 것이고 세상은 즐거운 곳이다. 다양한 사람
들이 함께하기 때문에. 자유롭고 즐거운 삶을 사는 그를 위쪽의
통통 튀는 모양의 선으로 생각하며 그림을 완성했다.

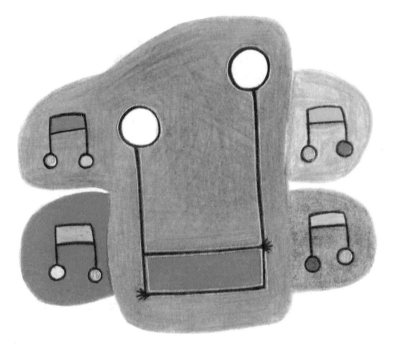

연하남

살아온 햇수는 달라도
우리 하나 되어 아름다운 화음을 만드는
음표

연하남

벗꽃이 흩날리는 달콤한 봄날이었다. 귀여운 남녀 한 쌍이 내 앞으로 왔다. 언뜻 보는 순간 연인임이 바로 느껴졌는데 두 사람의 행복한 표정 때문이었는지, 꼭 잡은 두 손 때문이었는지는 잘 모르겠다.

"뭐 하지? 무슨 단어 하지?"
"너는 뭐 할 거야?"

무슨 단어를 고를지 곰곰이 고민하던 둘은 서로가 서로를 표현하는 단어를 선택해 주기로 결론을 내렸다.
이윽고 상대방에 맞는 단어를 하나씩 골랐다. 지희 씨가 현우 씨를 위해 택한 단어는 '연하남'이었다.

"제가 연상이거든요."

지희 씨는 입 꼬리에 미소를 머금은 채 목소리를 낮춰 내게 속삭였다.

남녀 연인 사이에서 여자의 나이가 더 많은 경우 '남자가 몇 살 연하' 혹은 '여자가 몇 살 연상'이라고 부른다. 또 그렇게 이뤄진 연인 사이를 '연상연하' 커플이라고도 부른다. 그렇지만 편의상 '연상연하' 커플이라고 부르는 것일 뿐이지 사랑하는 사람들 사이에 나이는 별 상관이 없다. 사람과 사람이 대면하고 서로를 알아가게 되면서 그러한 겉껍질은 무용지물이 된다.

사랑은 함께 노래 부르는 것이다. 짧게 그려지든, 길게 그려지든 상관없이 하나의 악보 속에 들떠 춤추는 음표처럼 말이다.

나이 상관없이 하나 되어 노래 부르는 이 분들을 그리기 시작했다. 그림 속 왼편이 연하인 현우 씨, 오른편이 지희 씨다. 두 사람이 함께 손을 뻗어 음표 모양을 만들고 있다.

"뭐? '어리바리'? 야!"

지희 씨는 현우 씨가 자신을 위해 골라 준 단어를 보고 어깨를 한 대 툭 쳤다. 그런 지희 씨를 현우 씨는 놀리듯 바라보며 웃음 지었다.

이분들의 이름이나 단어보다도 투닥투닥하며 즐거워하던 표정이, 웃음소리가 내내 기억에 남았다.

열매처럼 익어가는
마음들

"안녕!"

우리는 내일 만날 사람들처럼 '안녕!'
하고 간결하게 인사했다. 내면초상화로 만
난 친구 켈시가 고향인 캐나다로 떠나던
날이었다.

오늘이 마지막 만남인 것을 아쉬워하
며 울상을 지었더니 켈시가 말했다.

"나는 너를 알게 된 것만 해도 큰 수확
이라고 생각해. 그래서 슬프지 않고 기뻐!"

켈시의 말을 들으며 문득 몇 년 전 땅끝

마을의 절, 미황사에서의 기억이 떠올랐다. 나는 그곳에서 자원봉사활동을 하며 머무르고 있었다. 나와 열흘가량을 동고동락하며 함께 자원봉사하던 미란 언니가 나보다 며칠 먼저 떠나게 된 날이었다.

언니와는 정이 많이 들었다. 평소 나의 성격상 연락처를 주고받고 '잘 가야 돼. 꼭 연락하자'며 헤어지게 되어 섭섭하다는 표정을 온몸으로 표현하며 작별식을 거행해야 마땅했다.

그런데 내가 미란언니가 떠나는 순간을 맞닥뜨린 것은, 수련생들이 있는 방으로 차를 나르던 도중, 도기로 가득한 쟁반을 양손으로 든 상태에서다. 손을 내밀 수도 없고 빨리 차를 날라야만 하는 그 상황에서 적절한 작별인사를 어찌해야 하나 발만 동동 구르고 있었다.

그때였다. 어쩔 줄 몰라 하는 나를 지나쳐 역시 함께 자원봉사자로 있던 수현이가 스윽 미란 언니에게 다가섰다. 그러고는

"안녕!"

1초도 안되게 미란언니를 잠시 포옹하고는 바로 웃으며 놓아 주었다. 아쉬움도 안타까움도 전혀 없다는 듯이. 수현은 돌아서며 나에게 말했다.

"원래 작별 인사는 이렇게 간단히 하는 거야!"

이 간결한 '안녕!'의 기억은 나에게 깊게 남아 있다.

이 이야기를 켈시에게 해주었더니 웃으며 말했다.

"응, 나도 같은 생각이야. 내가 '선영' 하면 떠오르는 건 언제나 웃고 있는, 행복한 모습인데, 그 모습 그대로 기억하고 싶어. 그러니까 슬픈 표정 짓지도, 울지도 말고, 우리는 또 만날 테니 웃는 모습 그대로 작별하자."

나는 하는 수 없이 고개를 끄덕이며 겉으론 아무렇지도 않은 척했지만 내 마음의 발은 여전히 동동거렸다. 마지막 순간까지도 켈시에게 오늘밤 이야기 나누며 지새자고 할까 말까 고민을 많이 하다가 그만두었다. 난 언제나 정인지 뭔지 모를 감정으로 헤어짐을 질질 늘어뜨리곤 한다. 글을 쓸 때도 문장을 고칠 때 바로 이전 문장을 지워 버리지 못하고 말미에 붙여 두었다가 한참 뒤에야 지우곤 한다. 하물며 사람에게야.

긴 세월을 두고 보면 켈시의 말처럼 우리는 언젠가 다시 만날 것이다.

'지금 이 순간을 켈시와 내가 만들어 가는 영화의 엔딩이 아닌 초입부로 만들면 되는 거구나!'

이렇게 생각하며 차분히 거시적인 관점에서 모든 것을 바라보니 이제 미련 없이 작별 인사를 할 수 있을 것 같았다. 끝이라 생각하며 미련을 두면 정말 끝이 되어 버릴지도 모른다. 그렇지만 이 순간을 우리 관계의 쉼표 정도로 바라본다면 끝은 끝이 되지 않을 것이다. 새로운 시작이 될 우리 사이의 연결고리를 찾아보는 것이 끝이라고 슬퍼하는 일보다 나을 것이다.

그렇게 마음먹고 훗날 캐나다에 가서 켈시를 만날 생각을 하니 먹먹한 작별의 슬픔이 사라지고 가슴이 두근댔다. 나는 나의 그림이 그려진 엽서와 달력을 그녀에게 선물했다.

그러고는 포옹과 간결한 "안녕"!

한동안 보고 싶을 거다, 켈시가.

내면초상화와 함께한 시간들은 나 홀로 갇혀 있던 세계에서 한 발짝 더 나와 사람들과 만나고 소통하고 많은 친구들을 만들게 해주었다.

자신을 표현하는 단어로 '미완성'이라는 단어를 주었던 한 초등학생은 완성이라는 것은 없으며 삶은 완성형이 아닌, 계속 만들어가는 것이라는 이야기를 들려주었다. 많은 사람들이 우울증을 극복하도록 도와준 한 정신과 의사는 과거의 우울증이 지금의 자신을 만들었다는 지난 이야기를 들려주었다. 힘들 때면 행복한 기억을 떠올리며 버틴다는 한 인디밴드의 보컬은 나에게 삶의 지혜를 가르쳐 주었다. 영국에서 온 클레어는 사람들은 현실적으로 살라고들 하는데 왜 비현실적으로 살면 안 되느냐며 자신은 항상 비현실적으로 살려고 노력하고 있다고 했다. 루마니아에서 온 파울라는 자신은 고민이 있을 때에 지금 자신의 인생이 자신이 주인공인 영화라면, 어떠한 선택을 하는 것이 그 영화를 더 멋지고 재미있게 만들지 상상해 본 후 결정을 내린다는 이야기를 들려주었다.

그 모든 사람들의 이야기는 내게 스며들어 나를 자라나게 했다. 그리고 지금 켈시에게서는 작별하는 법을 배우고 있었다.


"안녕하세요."

몇 달이 흐르고 다시 내면초상화 테이블, 새로운 장소 광화문 세종문화회관 뒤뜰이다. 연둣빛 작은 나뭇잎들이 사사사사 흔들린다.

고개를 들어 보니 단골 영오 씨다. '안녕' 후에는 다시 '안녕'이 돌아온다. 새로운 하루가 시작된다.

이 장에서는 자신만의 깨달음으로 살아가며 성장하는, 열매처럼 무르익은 사람들의 모습을 소개하려 한다.

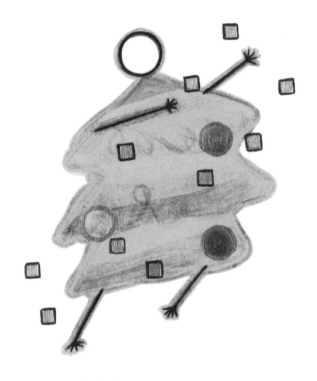

크리스마스에 놀고 싶어요

크리스마스가 내게 오지 않는다면
내가 찾아가면 되지
지금처럼
스스로 반짝반짝 트리 되어
내 가는 곳 어디든 크리스마스가 된다,

크리스마스에 놀고 싶어요

파티는 이백 명 규모의 보드카 무제한 크리스마스 파티였다. 음악이 쿵쾅거리는 파티장 한구석에 내면초상화 테이블을 펼쳤다. 나는 주량이 얼마 되지 않아 술자리에선 가장 빨리 취하는 축인데 이날은 말짱한 정신으로 술에 취한 사람들을 구경하려니 재밌었다. 시간이 흐르며 사람들의 취기는 점점 더 올라가고 있었다. 취한 이들의 싸움으로 유리창이 깨지기도 했다. 그만큼 많은 이들이 취해 있었다. 나는 술 한 모금 하지 않은 채 말똥말똥한 정신으로 이 흥미로운 광경들을 두 눈에 고스란히 담고 있었다.

그런 가운데 나에게 와서 내면초상화를 그렸던 사람들은 상대적으로 정신이 말짱한 사람들이었다. 그녀도 그 중 하나였다. 파티의 소음 속에 우리는 소리를 지르며 이야기 나눴다. 그녀는 다음과 같이 적어 내게 들이밀었다.

'크리스마스에 놀고 싶어요.'

그녀는 방송사 PD였다. 매번 마감이 있는 방송의 특성상 업무량이 많다고 했다. 사람을 좋아하는 그녀인데 방송 일을 시작한 후로는 친구들 얼굴도 예전처럼 자주 보지 못하고 있었다. 지금의 크리스마스 파티도 평소 사람을 좋아하는 그녀 성격 같아선 파티가 끝날 때까지 즐길 텐데, 일을 하던 중간에 온 거라 잠시 후면 다시 회사로 돌아가야 한다고 했다. 그녀는 시끄러운 음악 사이로 외쳤다.

"크리스마스에 놀고 싶어요!"

그런데 그녀의 외침에 시선이 느껴져 둘러보니 그녀 주위를 많은 사람들이 둘러싸고 기다리고 있는 것이 보였다. 여기 와서 만든 그녀의 친구들이란다.

바쁜 와중에 이곳에 와서 친구도 많이 만들고 노는 그녀의 모습이 참 좋아 보였다. 일이 많으면 마음이 바빠 파티에 올 생각을 아예 하지 못할 것 같은데 그 와중에도 그녀는 삶을 즐길 줄 아는 사람인 거다. 지금 파티에서 사람들과 어우러지며 분위기를 띄우는 것처럼 회사로 돌아간다 할지라도 그녀는 주변을 반짝반짝하게 만들어 줄 사람이었다.

그녀는 이미 크리스마스의 크리스마스트리 같은 사람이었다. 크리스마스 전부터도, 그리고 지나서도 크리스마스 분위기를 내는 것은 크리스마스 트리다. 크리스마스 트리 같은 사람은 크리스마스에 파티를 찾아가지 않더라도 주변을 크리스마스처럼 경쾌하게 만들 수 있다.

그녀를 그렸다. 그림 속 크리스마스 트리가 된 그녀에게는 이곳저곳을 움직일 수 있는 발이 있다. 그녀의 발길이 닿는 어디든 크리스마스가 된다.

그러니 그녀는 어딜 가든 즐겁게 잘 지낼 거다.

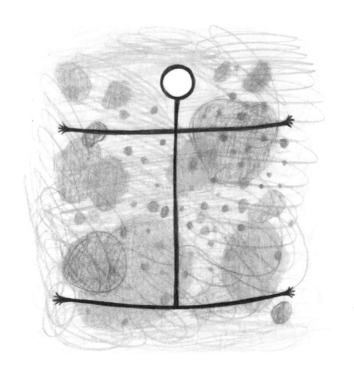

전개도 _____

다른 이들은 상자처럼 밀폐되어 작은 것을 담을 적
나는 가슴을 펼쳐
온 하늘을, 온 우주를 담아.

전개도

"전개도 같은 사람이 되고 싶어요."

그는 '전개도'를 자신을 표현하는 한 단어로 주었다. 전개도는 입체를 평면으로 펼친 모양이다. 그는 전개도와 같이 펼쳐진 사람이 되고 싶다고 했다.

상자에 많은 것을 담으려면 어떻게 하면 될까? 수북하게 담기 위해 입구를 계속해서 넓혀 간다면 어떻게 될까?

상자를 최대한으로 펼친다. 뚫린 부분이 극대화된 형태다. 입체에서 면으로, 전개도로 상자를 펼친다. 상자의 부피를 넓히는 것이 아니라 아예 없애 버린다.

상자의 안과 밖의 경계가 사라지며 담을 수 있는 한계 또한 사라진다. 전개도로 펼친 그 위로 하늘도 담긴다. 별도 담긴다. 담고 싶은 무어든, 온 세상이 담긴다. 공존한다면, 우리는 모든 것을 담을 수 있다.

밤을 새고 아침에 들어왔다. 해가 짧아져 아침 7시인데도 어둑어둑. 조금씩 밝아지는 하늘이 보고 싶어 고개를 젖힌 채 걸었다. 나보다 큰 나무들이 무성한 잎을 드리운 채 하늘과 나 사이에 있다. 빛이 위에서 내려와 나뭇잎의 윤곽을 더욱 선명하게 한다. 순간 하얀 하늘이 흐드러지기 시작한다. 몇 발자국 더 걸어나와 나무가 없는 곳으로 왔다.

다시 하늘을 쳐다본다. 잔상인가. 여전히 하늘이 흐드러지고 있다. 깊이가 끝없고 나는 작다. 아름답다. 알 수 없는 힘에 마구 뛴다.

내가 뛰며 보게 되는 이 아름다운 풍경 — 하늘, 산, 길 — 을 소유하려고 한다면 나는 가질 수 없을 것이다. 아름드리 나무의 기둥만 껴안아도 내 팔은 가득 차 더 이상 품을 수 없게 된다. 하지만 산들 부는 바람과 함께 즐겁게 걸으면 나는 풍경 그 자체가 되어 하늘, 산, 길을 모두 가질 수 있게 된다.

무언가를 가지고자 할 때 가장 좋은 방법은, 담으며 소유하는 것이 아닌 공존하는 것이다.

나를 있는 힘껏 펼친다.
하늘이 나를 담고 내가 하늘을 담는다.

선생님 ____

남이 내준 숙제를 하기보다는

내 스스로 숙제를 만들고 싶어

스스로 나의 세상을 만들어 나가는 나는,

왕관도 같은 존재

선생님

파란 코트의 11살 소녀가 나를 바라보았다. 쓰고 있는 깜장 베레모가 터키색 푸른 코트와 대조되어 선명했다. 똘망한 눈이 반짝, 하고 나와 마주쳤다. 소녀의 단어는 '선생님'이었다. 소녀는 커서 선생님이 되고 싶다고 했다.

"선생님이 되어서 숙제를 내보고 싶어요."
"숙제하기를 좋아해요?"
"아니요, 숙제를 받아서 하는 것은 싫은데 숙제 내는 것은 재밌을 것 같아요."
소녀는 개구지게 까르르 웃었다.
숙제를 하는 것이 얼마나 싫었으면, 혹은 숙제를 얼마나 내고 싶었으면 선생님이 되고 싶다는 것일까 하다가 숙제하기를 좋아하는 사람과 숙제를 만들어 가는, 즉 출제를 하는 사람의 삶의 방식은 얼마나 다른 것인가 생각해 보게 되었다.

나의 지인 연우는 그의 나이 19세에 서울에서 부산까지 홀로 걸었다. 보름 동안 그저 걸었단다. 노숙도 하고 족제비도 보고 더위에 픽 쓰러지기도 하면서 계속 계속 걸어갔다. 별다른 여행지를 간 것도 아니고 어떠한 사건이 있었던 것도 아니고 그저 국도를 따라 걸었을 뿐이지만 그는 혼자 걷는 그 여행에서 많은 것을 얻었다고 했다.

그의 여행기를 들으면서 나는 어째 뒤통수를 한 대 맞은 듯한 기분이 들었다. 그의 여행기가 재미있었기 때문이기도 하지만, 실은 다른 이유 때문이었다. 그는 말하자면 혼자 국토대장정을 한 셈인데, 나는 무의식적으로 국토대장정은 어딘가에서 하는 모집에 지원해야만 갈 수 있다고 생각해 왔기 때문이었다. 그냥 이 친구처럼 가고 싶을 때 걸어가면 그것이 바로 국토대장정인데 말이다. 내가 갇혀 있던 생각의 틀을 발견하며 나는 잠시 멍해졌다.

세상 일에 '반드시 이래야만 한다'는 법칙 같은 건 사실 없다. 법칙처럼 보이는 그것들도, 실은 예전에 누군가가 만들어 낸 하나의 방식일 뿐이다.

그리고 누구에게나 스스로의 방식을 만들며 살아가고자 하는 마음이 있다. 주어진 삶을 살아가기보다는 자신의 삶을 스스로 가꾸어 나가고 싶은 마음 말이다.

나는 또한 나의 작업실 동료를 떠올렸다. 몇 년 째 지켜보고 있지만 배울 것이 끝도 없는 친구다. 무엇보다 그에게 감탄하는 것은 그가 스스로의 동기에 의해 움직이는 사람이라는 점이다.

한번은 그녀가 작업실에서 꼼지락 무얼 하고 있기에 "뭐해?" 하고 물으니 스크랩북을 만들고 있단다. 어디에 쓰이는 것인지, 혹은 누가 부탁한 일인지 물었더니 그냥 하고 싶어서 하는 것이란다.

그녀는 작업실 동료들을 찍은 사진들을 엮어 앨범을 만들기도 하고 자신의 홈페이지 방문자들에게 보낼 엽서를 정성들여 쓰기도 한다. 친구 생일 때에는 예쁜 조형물을 만들어 와서는 공간을 꾸미기도 한다. 누군가의 요청이나 가시적인 대가의 유무와 상관없이 그녀는 늘 그렇게 자기 자신의 동기에 의해 움직이며 산다.

처음 창작활동을 시작하며 내가 가장 힘들었던 것은 다름 아닌 스스로의 삶을 사는 일이었다. 학생 때에는 늘 해야 할 일과 시간이 정해져 있었다. 그렇지만 창작활동을 시작하고부터는 달랐다. 아침에 무엇을 할 것인지, 이 달에 무엇을 할 것인지, 일 년을 어떻게 살아가고 채워 갈 것인지, 개인 작업은 얼마나 할 것이며 외주작업은 얼마나 할 것인지를 모두 내가 정해야 했다.

그렇지만 돌아 보면 내 삶에 결정적 영향을 미쳤던 것은 늘 내게 주어진 일들이 아닌 내가 하고 싶어 스스로 시작한 일들이었다. 첫 책은 끄적끄적 그려 온 낙서들을 엮은 것이었고 내면초상화 또한 '해보고 싶어서' 시작한 일이었다. 창작 관련 강의도 가까운 친구들과 카페에서 나누던 대화가 발전한 것이다.

자신이 자신에게 숙제를 내는 삶이란 얼마나 유의미한 것인가. 스스로의 삶을 사는 사람은 자기 자신이 곧 삶의 주인이다. 스스로 만들어 가는 삶을 향하는 아이의 모습은 자신이라는 왕국에서 주인으로, 왕으로 살고 있는 사람의 모습이었다. 멋지고 당당한 왕.

내 손은 바삐 움직였고, 그 손을 따라 내면초상화 속 왕은 왕관을 쓰고 등 뒤로 망토를 걸쳤다. 조금 뒤 그 왕은 활짝 웃는 소녀의 얼굴과 겹쳐져 갔다.

그림 속 열한 살 소녀 왕이 웃는다.

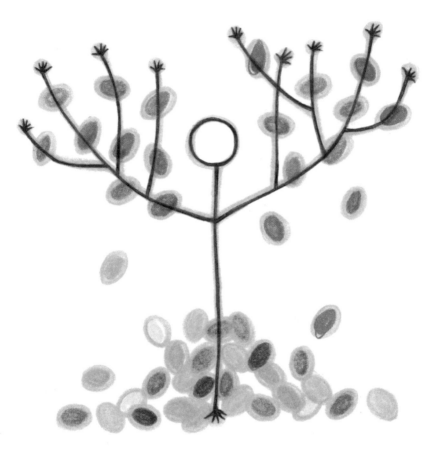

보람

내가 힘내 맺은 열매 위어
나를 지탱하는 지지대 되니

보람

"감사합니다!"

내면초상화를 시작하고부터는 선물을 참 많이 받는다. 받은 물건 그 자체보다는 받은 만큼 사람들에게 쓸모 있는 존재가 되었다는 그 느낌에, 선물을 받을 때면 그게 무엇이 됐건 가슴이 콩콩 뛰곤 한다.

보통 음료수나 간식 같은 작은 선물을 많이 받는데, 특히 선물을 받는 시점 때문에 나는 기쁘다. 선물을 받는 시점이 보통 내면초상화를 건넨 바로 직후가 아닌 조금 후이기 때문이다. 가던 길 다시 돌아와 선물을 건넬 만큼 내면초상화가 마음에 드셨단 표현 같아 더 기쁜 것이다. 내면초상화를 그리며 내가 보람을 느끼는 순간 중 하나이다. 손님께 받은 음료수를 마시던 중 문득

'보람'이라는 단어를 '자신을 표현하는 한 단어'로 꼽았던 그가 생각났다.

"요즘 감사 인사를 많이 듣고 있어요."

여행사에서 일하는 그는 최근 신입 시절 도맡아 하던 선박 여행 상품을 다시 관리하게 되었다. 여행 상품이라는 것이 값비싼 항공 상품부터 비교적 저렴한 선박 상품까지 천차만별이다. 여행사의 입장에서는 선박상품과 같이 저렴한 상품은 그만큼 적게 남는다. 그래서 선박 여행상품을 다시 관리하게 되었을 때 그는 비교적 덜 중요한 일을 맡았다는 생각에 적잖이 실망했다.

"그런데 단어가 '보람'이네요!'

"네, 처음에 팀장님이 선박 상품 맡으라고 했을 때는 조금 원망도 들었었어요. 그런데 알고 보니 제가 선박 상품에 강하다는 것을 인정하고 맡긴 것이었더라고요. 그리고 무엇보다요 제 상황은 속상했지만 얼마가 남든 간에 모두 고마운 손님들이라는 생각을 했어요. 그래서 손님들께는 세세히 신경 써드렸거든요. 그랬더니 이용한 손님들이 고맙다고, 여행 잘 다녀왔다고 연락을 주시더라고요. 그래서 '보람'이에요.

열심히 일한 만큼 손님들이 알아주시니 기쁘고 뿌듯하고 보람차고…. 일할 맛이 나요."

그가 진심을 다해 사람들을 대하니, 그 진심이 다시 돌아와 그에게 보람이 되었다. 그리고 그 보람은 그를 지탱할 힘이 되어 주었다.

그를 큰 나무로 그렸다. 내면초상화 속 나무는 한 해 동안 수고하여 열매를 한가득 맺고 있다. 나무의 뿌리는 가늘지만 그 열매들이 나무 밑을 덮어 나무가 넘어지지 않도록 지탱하는 힘이 되어 주는 그림이었다.

열심히 일한 보람을 느끼고 그 보람으로 다시 열심히 일하게 된다는 그. 그의 나무의 열매는 보람이다. 그림을 받고 즐거워하는 그로 인해 나도 보람의 열매를 맺고 있었다.

따뜻한 _____

공기를 만나 산화하여 발열하는 손난로처럼,

나도 세상과 만나

뜨겁게,

따뜻함

추운 겨울날이었다. 야외 작업을 위한 만반의 준비가 필요했다. 두꺼운 패딩을 입고 목도리를 둘둘 감았다. 일찍 나와 커다란 야외 난로 옆 명당자리에 테이블을 잡았다. 그래도 손이 차갑다. 손이 얼면 그림을 그릴 수 없기에 한 손은 테이블 위에 올려둔 채 다른 한 손으론 가방에서 일회용 손난로를 꺼냈다.

"으, 추워."

손난로가 따뜻해지도록 들고 열심히 흔드는데,

반가운 얼굴이 보였다. '괴로움'이라는 단어로 재즈 페스티벌에서 처음 만났던 열일곱 소년이었다. 그는 어느새 매주 나를 찾아오는 단골이 되었다. 오늘은 지나던 길이라며 다음날 그림을 그리러 오겠다고 하더니 그냥 가기 아쉬웠는지 이내 자리에 앉았다. 춥겠다 싶어 가지고 있던 손난로를 그에게 건넸다.

소년은 잠시 고민하다가 전의 '괴로움', '방황'에 이어 자신을 표현하는 한 단어로 '따뜻함'을 주었다. '괴로움'으로 시작했던 그의 단어가 점점 긍정적으로 변해 가고 있어 기뻤다.

"좋아하는 것들을 계속해서 적고 있었어요. 그러다 제가 음악을 좋아한다는 것을 알게 되었어요. 예전부터 시도해 보고 싶었던 기타를 사고 동호회에도 나가며 연습하고 있어요. 기타를 구경하러 돌아다니고 기타 좋아하는 사람들과 만나서 이야기 나누다 보니 겨울인데도 마음이 따뜻해져요. 바로 전번에는 어떤 분을 만났냐 하면요…"

'따뜻함'
그의 단어를 보며, 눈을 빛내며 이야기하는 그를 보며 내 시선은 자연스레 소년이 만지작거리고 있는 손난로로 시선이 갔다. 휴대용 손난로는 밀봉된 상태에서는 뜨거워지지 않지만, 포장을 벗기고 잠깐 흔들어 주면 손난로 속 철분이 공기를 만나 산화되며 뜨거워진다.

    힘겨워하며 혼자만의 세계에 갇혀 있던 그가 조금씩 사람들을 만나 가며, 세상과 만나 가며 따뜻함을 느끼는 모습은 마치 손난로가 발열하는 과정과 닮아 있었다. 그의 변화를 지켜보며 나 역시 따스함을 느꼈다. 조잘대는 그의 이야기를 들으며 손난로 모양의 그가 따뜻한 온기를 주변에 전하는 모습을 조용히 그렸다.

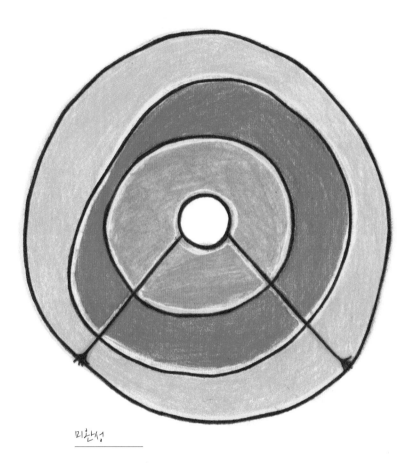

미완성 _____

완성이라는 건 없는 것 같아요.

나를 다 채울라치면

어느새 나는 이전보다 더 넓어져 있거든요.

미완성

어머니는 적극적이었다.

"애, 이거 해봐. 여기다 단어 적고."

반면 아이는 말수가 없었다.

시큰둥한 아이를 보며 나는 아이가 내면초상화를 그리기 싫은데 어머니의 손에 억지로 끌려 온 것은 아닌지 걱정이 되었다. 어머니의 부추김에 이윽고 아이가 적은 단어는 '미완성'이었다. '미완성'이라. 열두 살 아이가 건넨 단어가 예사롭지 않다는 생각이 들었다.

"왜 '미완성'이란 단어를 골랐나요?"

상냥하게 말을 걸었다. 하지만 아이는 대답을 않았다. 혹여 아이가 기분이 상한 건 아닌지 나는 아이의 얼굴을 살폈다. 기다리다 못해 다시 말을 걸려는 그때에 아이가 입을 떼었다.

"저는 아직 완성된 것 같지 않고… 만들어 가는 중에 있거든요."

성숙한 대답에, 나는 놀란 목소리를 가라앉히고 물었다.

"지금이 '미완성'이라면 언제쯤 '완성'될 것 같나요?"

아이는 다시 가만, 대답을 않았다. 표정을 조심스레 살펴보니 아이는 대답을 않는 것이 아니라 대답하기 위해 골똘히 집중하며 생각을 하고 있는 중이었다. 충분히 생각할 수 있도록 기다렸다.

몇 분의 정적 후 아이는 생각이 정리된 듯, 고개를 들어 나를 똑바로 쳐다보았다. 그리고 이어진 아이의 대답은 순식간에 나의 질문을 우문으로 만들었다.

"완성이라는 것은 없는 것 같아요. 그냥 계속 만들어 가는 거예요."

그랬다. 삶에 완성형이 있다고 생각했다. 그래서 삶을 완벽히 만들어 가려고 무던히도 애를 썼었다. 나의 완성형을 만들려 지금의 미흡해 보이는, '미완성'인 나를 자책했다. 그런데 아이의 말을 듣고 보니 그 말이 맞다. 완성형은 없다. 완성이 따로 있고 지금이 미완성인 것이 아니라 우리는 언제나 미완성인 채로 완성형이다. 우리는 계속해서 덧붙여 가며 자신을 만들어 간다.

완성이 된 순간 다른 큰 원을 만들어 더 큰 완성을 만들어 가는, 완성이자 미완성인 아이를 그렸다. 팔을 있는 힘껏 뻗어 자꾸만 커져 가고 있는 아이의 모습을.

에필로그

한 발자국

산들산들 불어오는 바람 사이로, 다시 소년이었다. 열번째 방문
이었다.

처음 내면초상화를 통해 그를 만났을 때, '괴로움'이라는 단
어를 받고서, 삶이 괴로워 살아가기 힘겹다는 그의 이야기를 듣
고서 가슴이 많이 아팠었다.

그런데 그 후 소년은 조금씩 변해 갔다. 내면초상화를 그리
며, 자신을 생각하며, 들여다보며 그는 조금씩 살아갈 힘과 이유
를 자신에게서 찾아가고 있다고 했다. 그러고는 나를 자주 찾아
와 내면초상화를 그려 가곤 했다.

처음 소년이 자신을 표현했던 단어, '괴로움'은 점차로 '방
황', '따뜻함', '좋은 사람'… 점점 긍정적인 단어로 바뀌어 가고

있었다. 자신을 찾아가는 그를 보며 나는 진심으로 기뻤다. 이번 주에도 오려나 어떤 단어를 들고 오려나, 기다려지기도 했다.

소년이 내게 빙긋 웃으며 열번째이자 마지막으로 건넨 단어는 '한 발자국'이었다. 왜인지 나는 이유를 묻지 않고도 그가 그 단어를 준 의미를 알 것 같았다. 소년은 메일로 말해 왔다.

"삶을 이겨 내려고 애쓰고 힘들어하며 너무 노력하지 않기로 했어요. 지금 살고 있는 이만큼이 이미 대단하고 소중하고 아름답다는 것을 알게 됐어요. 노력하는 사람이 아름다운 것이 아니고 극복하고 넘어서야 올바른 사람인 게 아니라는 걸 알게 됐어요. 삶을 살고 있다는 사실만으로 저는 아름다운 존재였어요. 그래서 지금 저는 흐르는 대로, 살아 있기에 살아가고 있어요. 가장 자연스럽게 한 발자국씩 내딛고 있어요."

그는 이제 부정적인 감정도 긍정적인 감정도 모두 안고서 한 발자국씩 나아가고 있었다. 어떤 일이 다가올지 여전히 모르고 겁나지만 그래도 삶을 향해 내딛고 있다고 했다. 많이 나아가기보다는 그저 한 발자국씩 그렇게.

우리는 모두 끊임없이 나아가는 존재이다. 새싹을 돋아내며, 사람들과 어우러지며, 자신의 색을 드러내며, 파도에 흔들리며, 그 속에서 행복을 느끼며 우리는 계속해서 나아간다. 처음에 그의 단어 '괴로움'을 받았을 때는 마음이 아파왔는데, 점점 자신을 딛고 나아가는 그의 모습을 보며 나도 힘이 나는 것 같았다.

모든 일의 시작은 큰 포부나 계기가 아닌 '한 발자국'으로부터 시작된다. 그의 한 발자국, 그건 앞으로 나아갈 모든 발자국을 담고 있었다. 소년이 내딛은 한 발자국은 자신을 '괴로움'에서 '따뜻한 사람'으로 변화시켰다.

나도 어느새 소년의 내면초상화를 그리며, 사람들의 내면초상화를 그리며 훌쩍 커 있었다. 처음에 그저, 단순하게 자신을 표현하는 한 단어를 받아 그것을 그려내던 '제멋대로 초상화'는 많은 소통을 거쳐 나를 성장하게 하고 사람들의 마음을 담아 내는 '내면초상화'가 되었다.

요즘은 얼굴에 절로 웃음꽃이 핀다. 거울을 보면 나 자신이 행복해 보인다. 사진 찍는 것을 본디 싫어하던 나는, 나의 행복한 모습을 남기고 싶어 이제 가장 환한 얼굴로 매일 사람들과 사진을 찍는다.

나도 한 발자국씩 나아가고 있었다. 그리고 돌아보면 그 모든 발자국이 모여 길을 만들고 있었다. 나도 나만의 방향을 찾아 소년도 소년의 방향을 찾아, 우리는 모두 우리의 방향을 찾아 조금씩 나아간다.

그림 속의 사람처럼 소년은 지금도 한 발자국 한발자국 내딛으며 나아가고 있을 것이다.

한 발자국 그것은 모든 발자국.

한 발자국

한 발자국
그리고 모든 발자국,